The Villainess Turns the Hourglass
SANSOBEE
ANTSTUDIO
KBOOKS

The Villainess Turns the Hourglass

SANSOBEE ANTSTUDIO

1

The Villainess Turns the Hourglass

CRASH
ARIA !

JE VAIS NETTOYER TOUT DE…
!
MADEMOISELLE ARIA, VOUS VOUS ÊTES COUPÉE…!
PARDON ?
FAIRE TOMBER SON VERRE AINSI, QUELLE MALADROITE…
BLABLA
BLABLA
BLABLA
ZYEUTE
QUELLE VULGARITÉ… VRAIMENT, ELLE N'A AUCUNE MANIÈRE.
AAH… QU'ALLONS-NOUS BIEN POUVOIR FAIRE D'ELLE ?

BLABLA
ELLE NE VA SANS DOUTE PAS TARDER À PLEURNICHER.
BLABLA
JESSIE, POURRAIS-TU M'APPORTER UNE SERVIETTE ?
HEIN ? OH, BIEN SÛR !
ET POURRAIS-TU…
PRÉPARER DE QUOI SOIGNER MON ENTAILLE ?
BIEN, MADEMOISELLE !

JE M'EXCUSE POUR LE DÉRANGEMENT OCCASIONNÉ.
BIEN QUE CELA AILLE À L'ENCONTRE DE L'ÉTIQUETTE, JE ME PERMETS DE QUITTER LA TABLE.
NE VOUS PRÉOCCUPEZ PAS DE MOI ET PROFITEZ DE VOTRE REPAS.

TAP TAP
C-COMMENT ?
BLABLA
INCROYABLE...
BLABLA
ARIA SAIT SE MONTRER POLIE...?
QUE C'EST SURPRE-NANT !
BLABLA
ELLE A L'AIR D'UNE TOUTE AUTRE PERSONNE...
TAP
TAP
NATURELLEMENT, OUI.
PARCE QUE JE NE SUIS PAS L'ARIA QUE VOUS CONNAISSEZ.
MIELLE...
C'EST UN PLAISIR DE TE REVOIR.

NOUS AVONS DES COMPTES À RÉGLER TOUTES LES DEUX.
ALORS JE VAIS EN PROFITER...
BOOUH!
BOOUH!
POUR ME VENGER DE TOUT CE QUE TU M'AS FAIT.
RELÈVE LA TÊTE DE LA CRIMINELLE.
HWIK!
!!

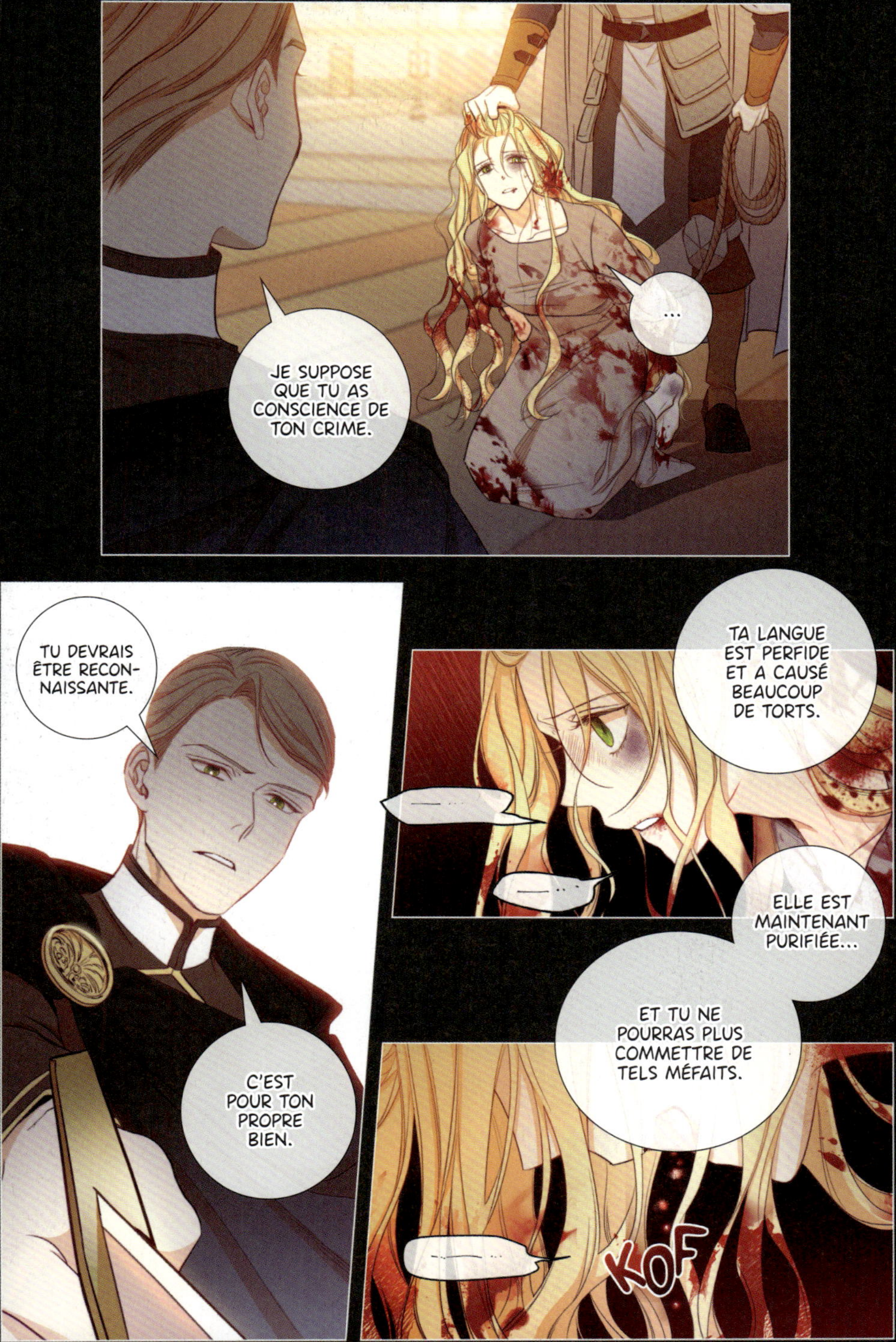

...
JE SUPPOSE QUE TU AS CONSCIENCE DE TON CRIME.
TU DEVRAIS ÊTRE RECON-NAISSANTE.
TA LANGUE EST PERFIDE ET A CAUSÉ BEAUCOUP DE TORTS.
ELLE EST MAINTENANT PURIFIÉE...
C'EST POUR TON PROPRE BIEN.
ET TU NE POURRAS PLUS COMMETTRE DE TELS MÉFAITS.
KOF

MONSIEUR, LAISSEZ-NOUS REGARDER !
TIP TIP TIP
ALLEZ, S'IL VOUS PLAÎT !
NON ! JE NE PEUX PAS FAIRE ÇA.
REGARDER CE GENRE DE CHOSES, C'EST UN COUP À S'ATTIRER LE MAUVAIS ŒIL !
JUSTE QUELQUES MINUTES, MONSIEUR !
LA LANGUE DE CETTE CRIMINELLE EST VENIMEUSE. C'EST POUR ÇA QU'ON L'A RECOUVERTE DE SEL !
VOUS ÊTES UN FROUSSARD, MONSIEUR !
C'EST NUL !
HA HA
HA HA
SALES GAMINS !

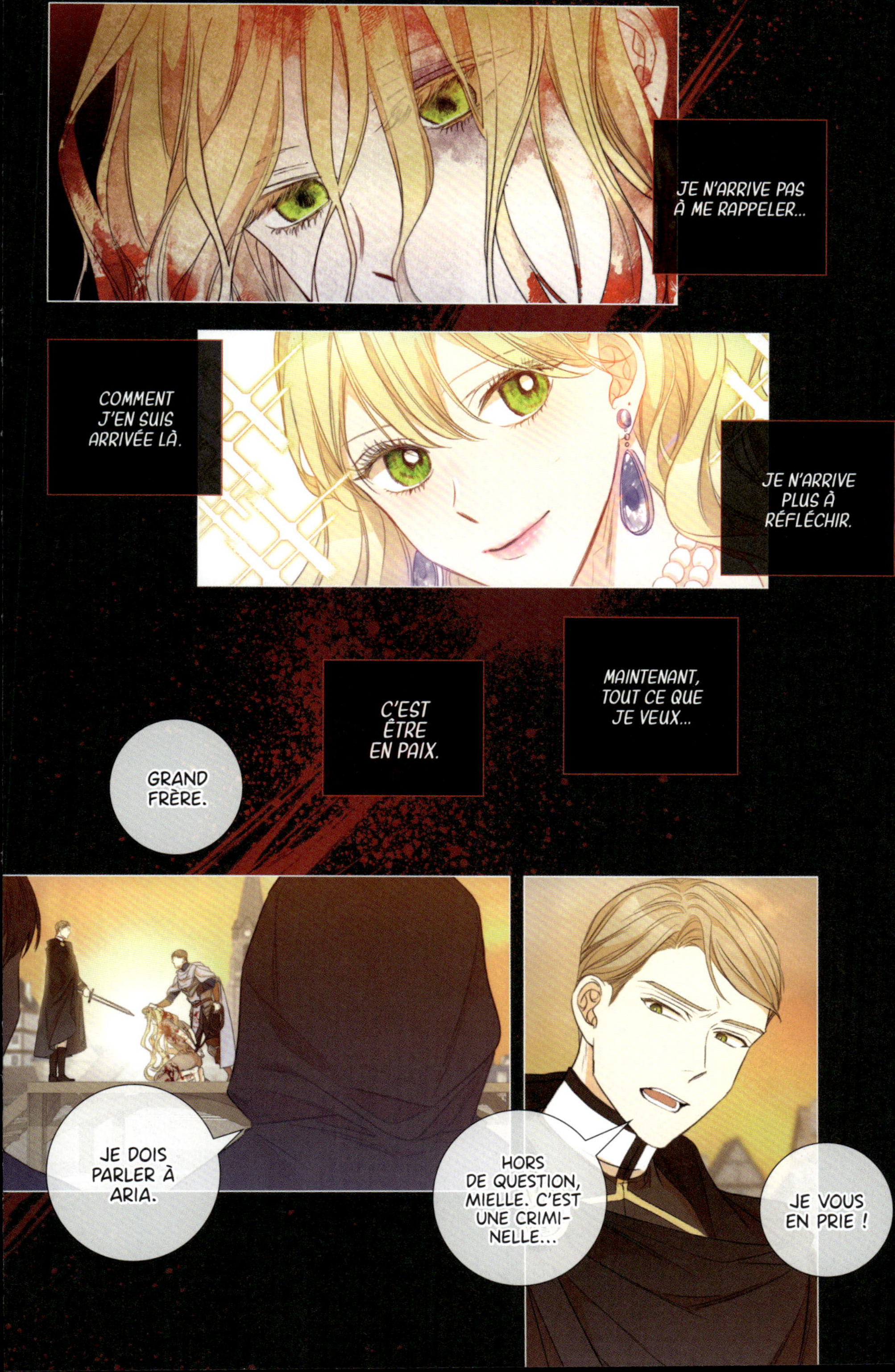
JE N'ARRIVE PAS À ME RAPPELER...
COMMENT J'EN SUIS ARRIVÉE LÀ.
JE N'ARRIVE PLUS À RÉFLÉCHIR.
MAINTENANT, TOUT CE QUE JE VEUX...
C'EST ÊTRE EN PAIX.
GRAND FRÈRE.
JE DOIS PARLER À ARIA.
HORS DE QUESTION, MIELLE. C'EST UNE CRIMI-NELLE...
JE VOUS EN PRIE !

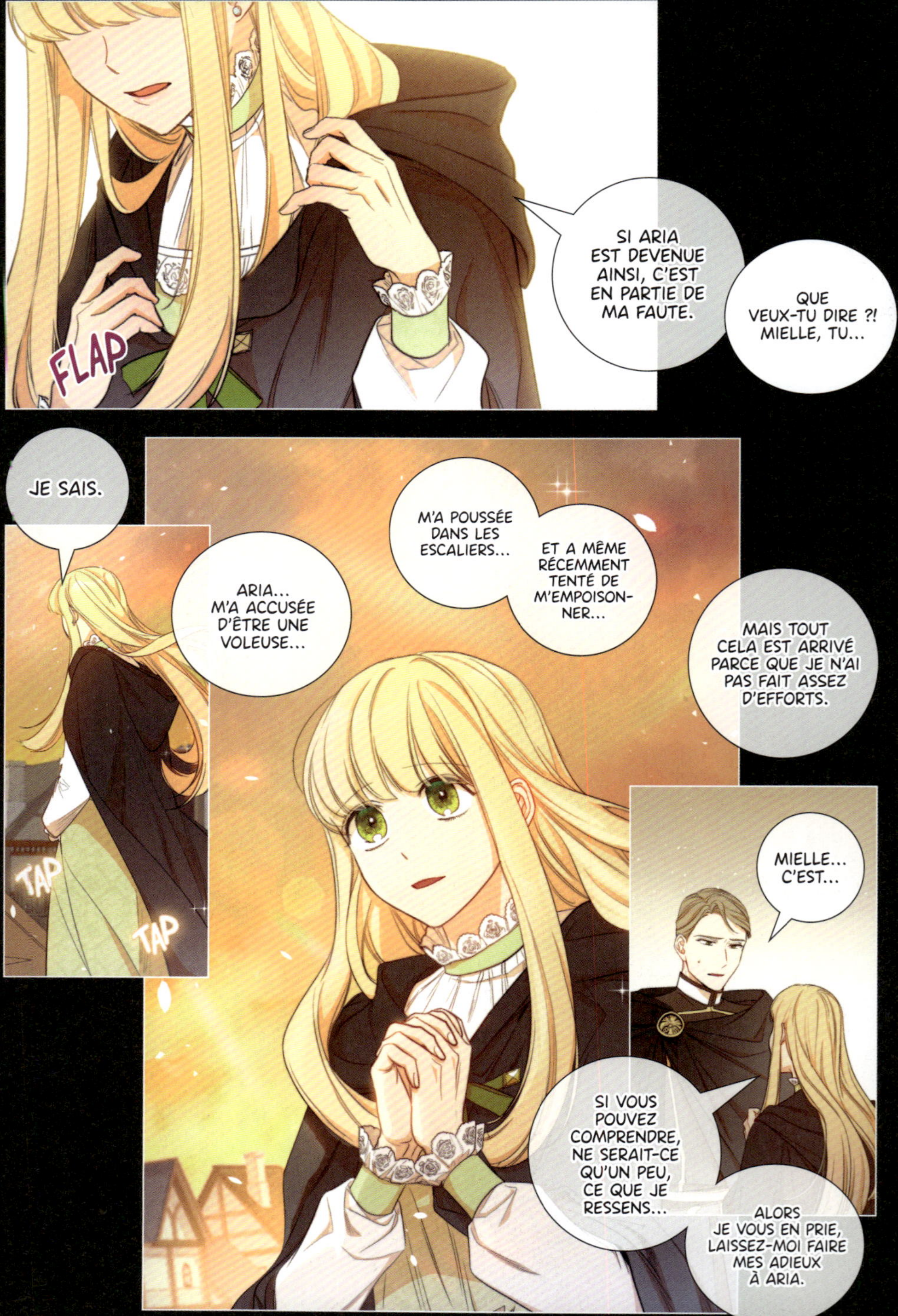
FLAP
SI ARIA EST DEVENUE AINSI, C'EST EN PARTIE DE MA FAUTE.
QUE VEUX-TU DIRE ?! MIELLE, TU...
JE SAIS.
ARIA... M'A ACCUSÉE D'ÊTRE UNE VOLEUSE...
M'A POUSSÉE DANS LES ESCALIERS...
ET A MÊME RÉCEMMENT TENTÉ DE M'EMPOISON-NER...
MAIS TOUT CELA EST ARRIVÉ PARCE QUE JE N'AI PAS FAIT ASSEZ D'EFFORTS.
TAP
TAP
MIELLE... C'EST...
SI VOUS POUVEZ COMPRENDRE, NE SERAIT-CE QU'UN PEU, CE QUE JE RESSENS...
ALORS JE VOUS EN PRIE, LAISSEZ-MOI FAIRE MES ADIEUX À ARIA.

BLABLA
POURQUOI ELLE SE DÉBAT, TOUT À COUP ?
HWIK
BLABLA
AVOIR DEVANT ELLE CELLE QU'ELLE A TENTÉ DE TUER DOIT LA TERRIFIER.
NON.
HWIK
HWIK
MIELLE N'A RIEN FAIT DE MAL.
C'EST MOI QUI SUIS DEVENUE MAUVAISE SANS M'EN RENDRE COMPTE...
ET JE SUIS À PRÉSENT PUNIE POUR L'AVOIR TANT TOURMENTÉE.
PARDON, MIELLE.
J'AI SI HONTE...
SWIFF
ARRÊTE DE GIGOTER !
HWIK

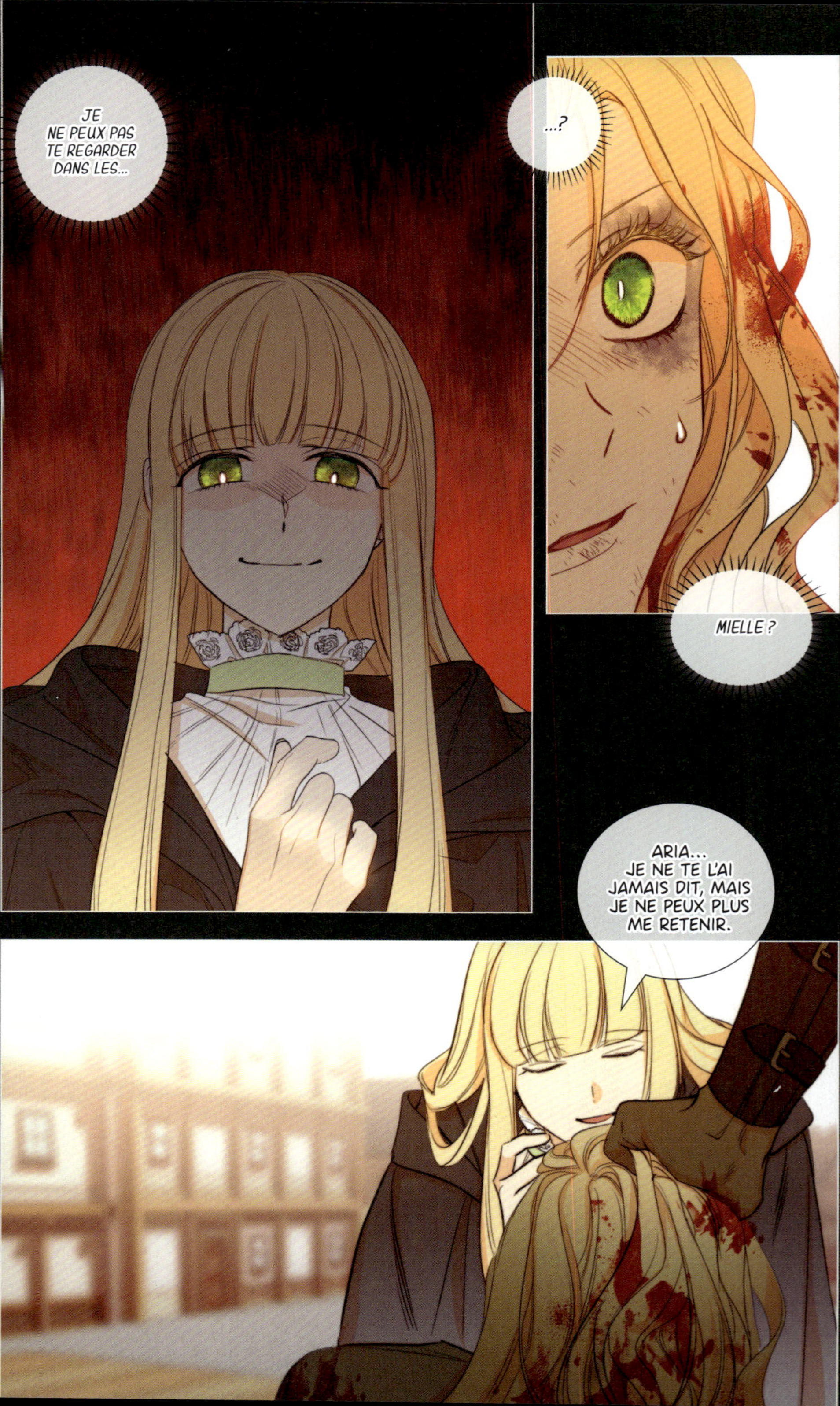
JE NE PEUX PAS TE REGARDER DANS LES...
...?
MIELLE ?
ARIA... JE NE TE L'AI JAMAIS DIT, MAIS JE NE PEUX PLUS ME RETENIR.

SALE PETITE TRAÎNÉE !
COMMENT AS-TU PU ÊTRE AUSSI NAÏVE ?
TOUTES TES DOMESTIQUES...
MADE-MOISELLE ARIA !
JESSIE.
ÉTAIENT EN FAIT LES MIENNES.
VOUS AVEZ BIEN TRAVAILLÉ CE SOIR.
JE SUIS DÉSOLÉE, JE NE SUIS PAS TRÈS DOUÉE EN COMPOSITION...
NE VOUS INQUIÉTEZ PAS ! NOUS ALLONS VOUS AIDER.

CE SONT ELLES QUI T'ONT DIT DE ME MENER LA VIE DURE, N'EST-CE PAS ?
SWIFF...
PAUVRE IDIOTE...
ELLES SUIVAIENT SIMPLEMENT MES CONSIGNES.
BLABLA
OH... MIELLE...
ELLE PRIE POUR ARIA, LA CRIMINELLE QUI A TENTÉ DE L'EMPOISONNER.
BLABLA
HA HA...
VEUX-TU SAVOIR POURQUOI J'AI AGI AINSI ?
LA RAISON EST TOUTE SIMPLE.
DÈS QUE TA MÈRE VULGAIRE ET TOI ÊTES ARRIVÉES CHEZ NOUS, MAIN DANS LA MAIN...

J'AI EU ENVIE DE VOUS TUER.
VOUS ÉTIEZ LA HONTE DE NOTRE FAMILLE ET VOUS ARRIVIEZ CONFIANTES ET SOURIANTES...
DES DÉCHETS HUMAINS COMME VOUS NE DEVRAIENT JAMAIS ÊTES HEUREUSES.
JE L'AI DONC FAIT SAVOIR AU PEUPLE !
HWIK
"CES PERSONNES MÉRITENT DE MOURIR !"
"JE VAIS VOUS DÉVOILER LEUR VRAIE NATURE !"

JE SUIS VRAIMENT RAVIE DE TE VOIR SOUFFRIR.
ET LE COMBLE, C'EST...
QU'ILS ONT TOUS CRU EN TA CULPABILITÉ !
JE ME DISAIS QU'IL NE SERAIT PAS AMUSANT DE T'EMPOISONNER COMME JE L'AVAIS FAIT POUR TA MÈRE.
ALORS J'AI DÉCIDÉ DE CHANGER DE PLAN EN DISANT QUE C'EST TOI QUI AVAIT TENTÉ DE M'EMPOISONNER !

HA
HA
TU AVAIS FAIT TANT DE CHOSES HORRIBLES AVANT QUE CELA N'A SURPRIS PERSONNE !
HA HA !
ET CES CHOSES HORRIBLES, C'EST MOI QUI T'AVAIS POUSSÉ À LES FAIRE !
HA
HA
COMMENT PEUX-TU ÊTRE AUSSI BÊTE ?!
HA
HA
TA NAISSANCE ÉTAIT UNE ERREUR, C'EST TOUT !
HA
HA
ARIA ! ARIA !! ARIA !!!
AAH...
MA CHÈRE SŒUR...
JE NE SAIS PAS CE QUE TU EN PENSES...
MAIS JE N'OUBLIERAI JAMAIS LES BONS MOMENTS QUE NOUS AVONS PASSÉS ENSEMBLE.

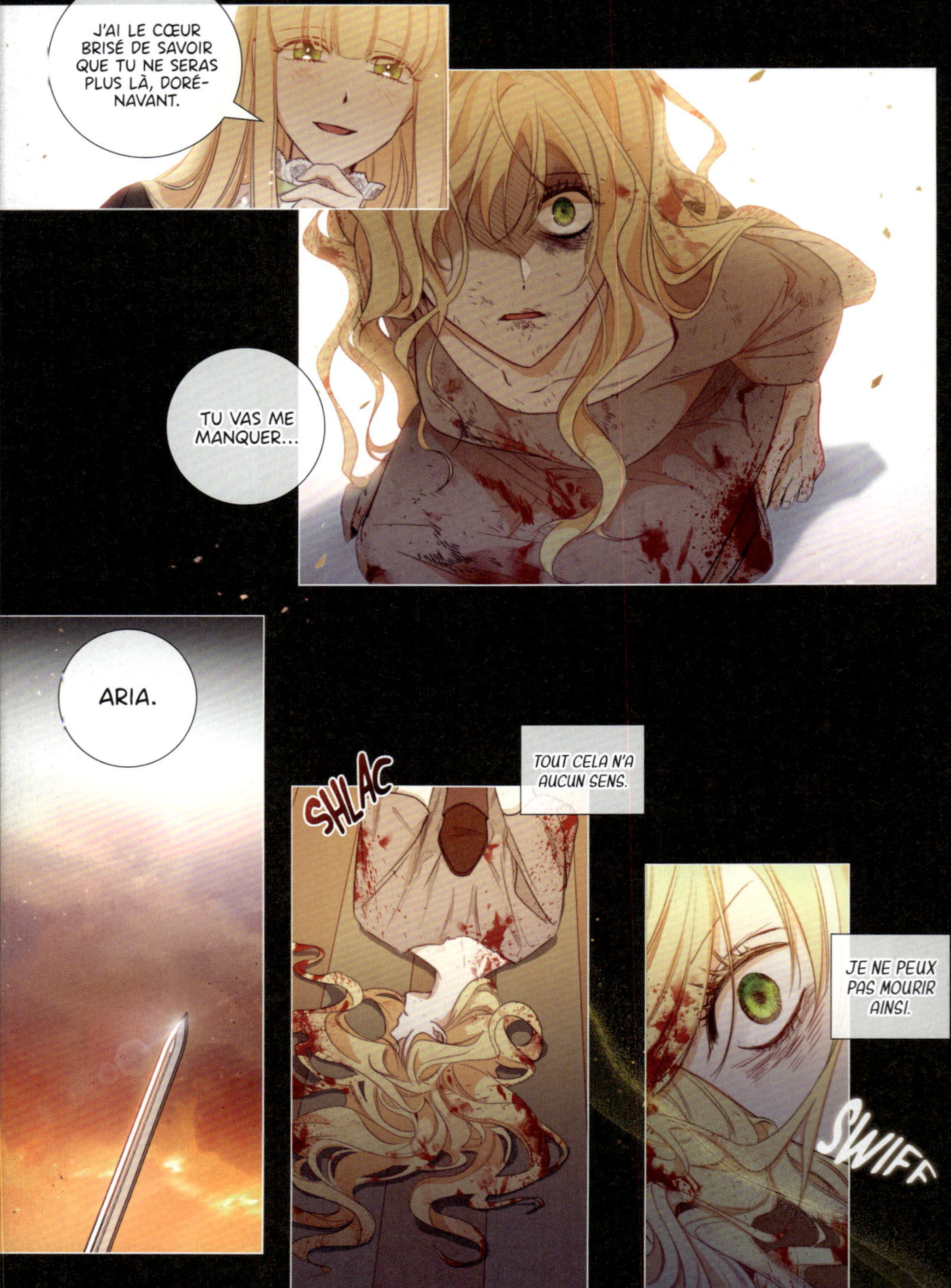
J'AI LE CŒUR BRISÉ DE SAVOIR QUE TU NE SERAS PLUS LÀ, DORÉNAVANT.
TU VAS ME MANQUER...
ARIA.
SHLAC
TOUT CELA N'A AUCUN SENS.
JE NE PEUX PAS MOURIR AINSI.
SWIFF

JE NE VEUX PAS MOURIR AINSI.
LAISSEZ-MOI...
SWIFF
REMONTER LE TEMPS.
EXACTEMENT COMME...
SWIFF
GZZ
LE SABLE D'UN SABLIER.

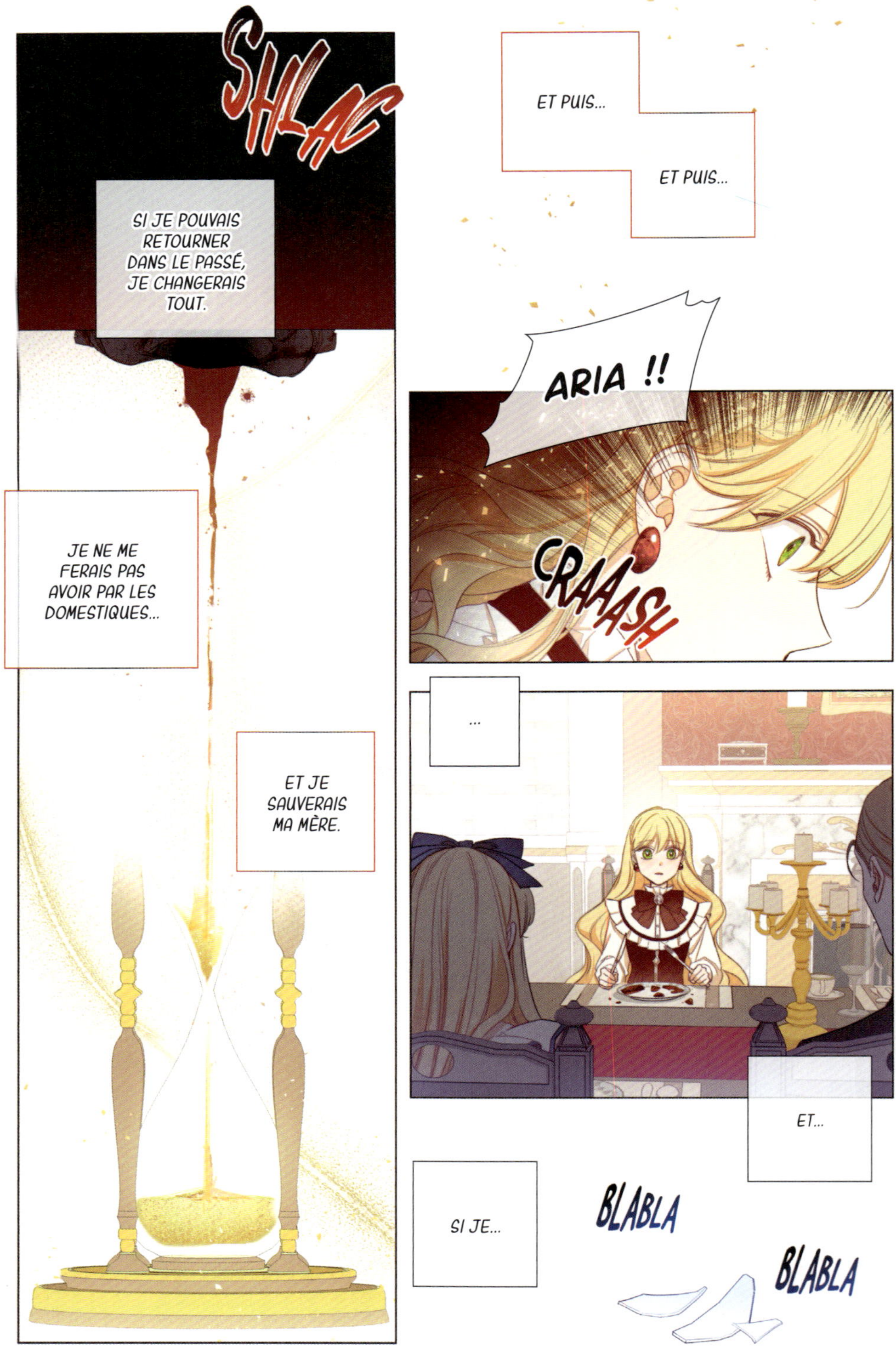
SHLAC
SI JE POUVAIS RETOURNER DANS LE PASSÉ, JE CHANGERAIS TOUT.
JE NE ME FERAIS PAS AVOIR PAR LES DOMESTIQUES...
ET JE SAUVERAIS MA MÈRE.
ET PUIS...
ET PUIS...
ARIA !!
CRAAASH
...
ET...
SI JE...
BLABLA
BLABLA

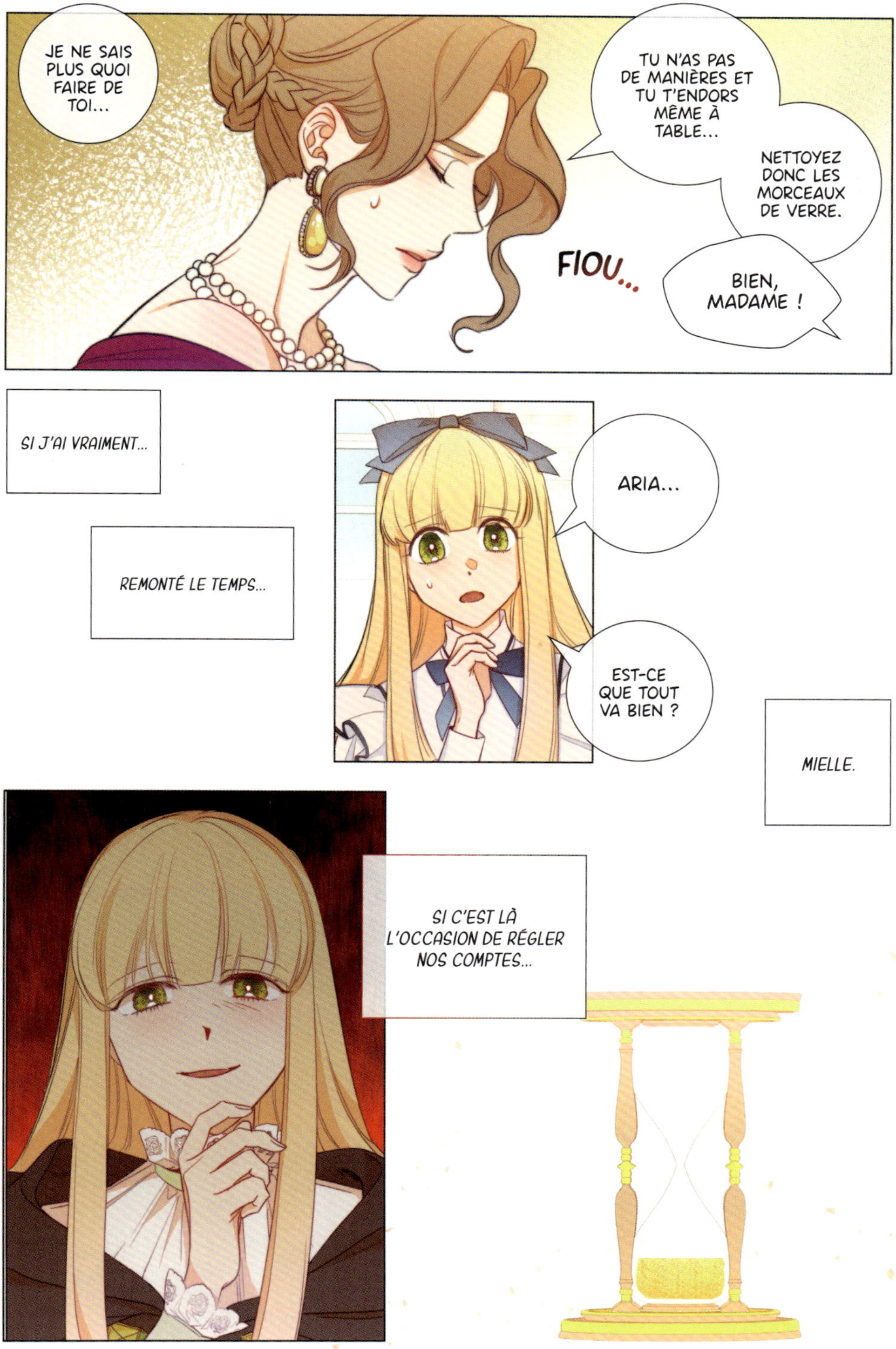
JE NE SAIS PLUS QUOI FAIRE DE TOI…
TU N'AS PAS DE MANIÈRES ET TU T'ENDORS MÊME À TABLE…
NETTOYEZ DONC LES MORCEAUX DE VERRE.
FIOU…
BIEN, MADAME !
SI J'AI VRAIMENT…
REMONTÉ LE TEMPS…
ARIA…
EST-CE QUE TOUT VA BIEN ?
MIELLE.
SI C'EST LÀ L'OCCASION DE RÉGLER NOS COMPTES…

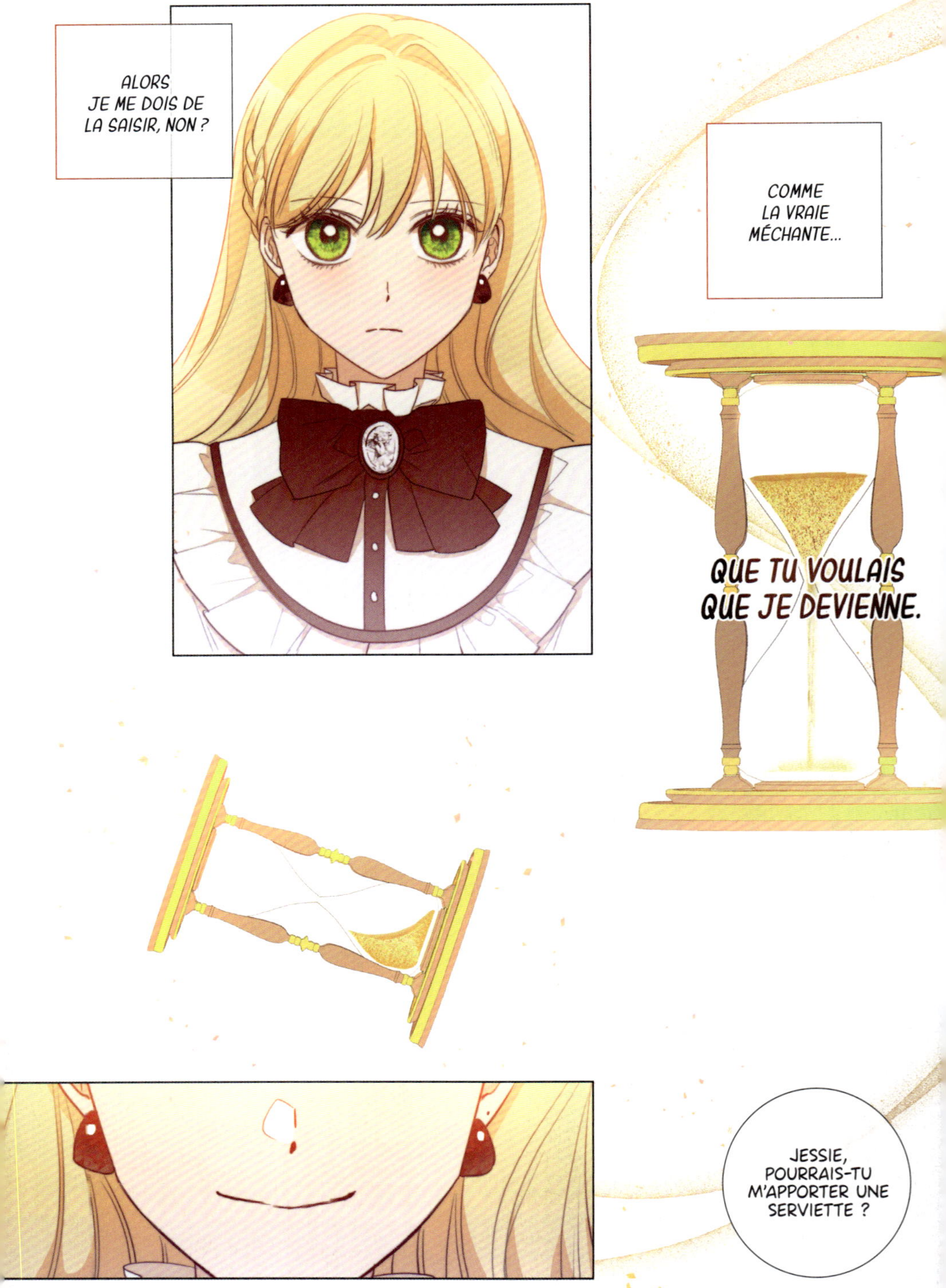
ALORS JE ME DOIS DE LA SAISIR, NON ?
COMME LA VRAIE MÉCHANTE...
QUE TU VOULAIS QUE JE DEVIENNE.
JESSIE, POURRAIS-TU M'APPORTER UNE SERVIETTE ?

JESSIE...
J'ESPÈRE QUE VOUS N'AUREZ PAS DE CICATRICE...
LA SEULE DOMESTIQUE QUI PENSAIT VRAIMENT À MOI.
JETEZ-MOI CETTE BONNE-À-RIEN AUX ÉCURIES !
JE N'AURAIS JAMAIS DÛ LA CHASSER SI DUREMENT...
JE SUIS DÉSOLÉE, JESSIE...
OU AU MOINS NE PAS LUI FAIRE ARRACHER LA LANGUE...
VOUS VOUS SENTEZ MAL, MADEMOISELLE ARIA ?
NON, JE SUIS JUSTE UN PEU FATIGUÉE, CE N'EST RIEN.
J'AURAIS DÛ M'EN RENDRE COMPTE...
OH !
PARDON D'AVOIR MIS TANT DE TEMPS À VOUS SOIGNER.
VOUS AVIEZ AUSSI L'AIR FATIGUÉE LORS DU REPAS...
NE T'EN FAIS PAS. MERCI.
J'AIMERAIS ME COUCHER. POURRAIS-TU M'AIDER À ME PRÉPARER ?

MON CORPS EST SI LOURD.
J'AI ENCORE L'IMPRESSION D'ÊTRE DANS UN CAUCHEMAR.
JE N'ARRIVE PAS À CROIRE...
NATUREL-LEMENT !
BLING
SWIFF
BLING
BLING
QUE CETTE PIÈCE SOIT VÉRITABLEMENT MA CHAMBRE.
SUPER
GNANGNAN
CELLE QUE J'ÉTAIS À L'ÉPOQUE AVAIT DES GOÛTS DE GAMINE !
MÊME SI, CERTES, JE N'AVAIS QUE 13 ANS !
AAH...
RÊVE OU RÉALITÉ, PEU IMPORTE. JE VEUX JUSTE ME REPO...
SWIFF
ARGH
M-MADEMOISELLE, VOTRE LIT EST PRÊT, VENEZ VITE VOUS COUCHER !
VOUS AVEZ L'AIR SOUFFRANTE !
TCHING
AÏE !
?!
HWIK

JESSIE ! IL Y A QUELQUE CHOSE SOUS MES DRAPS !
MADEMOISELLE ?!
TAP
SWIISH
OH, MADEMOISELLE...
C'EST...
UN SABLIER...?
IL ÉTAIT SUR VOTRE LIT AVANT LE REPAS. J'ÉTAIS POURTANT SÛRE DE L'AVOIR RANGÉ...
JE SUIS DÉSOLÉE, MADEMOISELLE ARIA ! JE VAIS NETTOYER TOUT DE SUITE !
UN SABLIER...
!!
MADEMOISELLE, FAITES ATTEN...
SWIFF
HUM...
OUI... C'EST ÇA.

JE SAIS CE QUE C'EST.
SWIISH
LA MISÉRICORDE DIVINE !!
UNE CHANCE QUI M'A ÉTÉ DONNÉE...
AFIN QUE JE PUISSE ME REPENTIR DE MES ERREURS PASSÉES...
ET NE PAS DEVENIR UNE PAUVRE PETITE IDIOTE.
HWAAASH
DIEU M'A ACCORDÉ UNE NOUVELLE CHANCE !
GWAAK
BRR
BRR
MERCI. MERCI !
MADEMOISELLE ARIA, VOS MAINS...

PUISQUE VOUS M'OFFREZ UNE TELLE OPPORTUNITÉ APRÈS MA MORT PATHÉTIQUE...
JE FERAI DE MON MIEUX POUR TIRER PROFIT DE CETTE SITUATION !
Ô DIEU PLEIN DE MISÉRICORDE !
JE...
CETTE FOIS JE VAIS VIVRE SANS AUCUN REGRET !
...

JE VOUS LE PROMETS !
JE FERAI TOUT POUR QUE CEUX QUI M'ONT FAIT DU TORT...
VOIENT LA MORT COMME UNIQUE ISSUE.
JE M'Y ENGAGE.
MERCI DE ME DONNER LA POSSIBILITÉ DE ME VENGER !
MADEMOISELLE ARIA...

A TOUJOURS ÉTÉ UNE ENFANT TERRIBLE, DÉNUÉE DE BONNES MANIÈRES.
SANS DOUTE PARCE QUE SA MÈRE EST UNE PROSTITUÉE.
C'EST PAS BON !
J'EN VEUX PAS !
CE N'EST PAS QUELQUE CHOSE QUE L'ON PEUT CHANGER.
MADEMOISELLE ARIA...
CE SONT LÀ SES ORIGINES.
RHAAA
MADEMOISELLE MIELLE LE SAIT BIEN. C'EST POUR CELA QU'ELLE M'A DEMANDÉ DE SERVIR MADEMOISELLE ARIA.
OCCUPE-TOI BIEN D'ARIA, JESSIE.
ELLE MANQUE DE CONNAISSANCES DANS BIEN DES DOMAINES, ALORS TU DOIS VEILLER SUR ELLE.
*EN D'AUTRES TERMES :
SURVEILLE CETTE GUEUSE POUR QUE JE PUISSE LA FAIRE DISPARAÎTRE VITE FAIT BIEN FAIT !
!
JE COMPRENDS, MADEMOISELLE MIELLE.
QU'EST-CE QU'ELLE EST GENTILLE...

JESSIE, PENSES-TU POUVOIR FAIRE RÉPARER CE SABLIER ?
OH, OUI... JE VAIS LE CONFIER À UN SPÉCIALISTE.
NE VOUS INQUIÉTEZ PAS, MADEMOISELLE MIELLE.
JE VAIS FAIRE DE MON MIEUX POUR SERVIR MADEMOISELLE ARIA.
MERCI.
CE SABLIER EST MON TRÉSOR.
INCROYABLE, N'EST-CE PAS ?
OUI...
MAIS AVANT ÇA, IL FAUDRAIT SOIGNER VOTRE ENTAILLE...
AH, OUI...
MÊME SI CELA NE SERA PAS SIMPLE...
HA HA HA

CUI CUI
CUI CUI
IL Y AVAIT LONGTEMPS QUE NOUS N'AVIONS PAS ÉTÉ TOUS RÉUNIS AINSI.
SWOOF
NOUS NOUS SENTIONS BIEN SEULS ICI PENDANT QUE VOUS TRAVAILLIEZ, MON CHER.
HO HO
SUBVENIR AUX BESOINS DES SIENS EST LE PRINCIPAL DEVOIR D'UN CHEF DE FAMILLE.
LE PÈRE ADOPTIF D'ARIA COMTE ROSCENT

NE VOUS INQUIÉTEZ PAS. JE M'OCCUPE DE TOUT ICI.
LA MÈRE BIOLOGIQUE D'ARIA COMTESSE ROSCENT
LES REGARDS QU'ELLE LUI LANCE SONT BIEN CEUX D'UNE CATIN...
LE FILS AÎNÉ DE LA MAISON ROSCENT CAÏN ROSCENT
J'AI TOUJOURS HÂTE DE VOIR QUELS CADEAUX VOUS NOUS RAMENEZ DE VOS EXCURSIONS !
À TRAVERS EUX, JE PEUX VOIR À QUEL POINT VOUS PENSEZ À NOUS, MÊME QUAND VOUS ÊTES LOIN.
LA FILLE CADETTE DE LA MAISON ROSCENT MIELLE ROSCENT
HA HA ! PEU IMPORTE LA DISTANCE, JE PENSE TOUJOURS À VOUS.
HA HA
POUR VOUS REMERCIER DE VOTRE AFFECTION, PÈRE, J'AIMERAIS VOUS RÉCITER UN POÈME.
BIEN QUE VOUS NE M'AYEZ JAMAIS RIEN RAPPORTÉ, À MOI...
LA FILLE AÎNÉE DE LA MAISON ROSCENT ARIA ROSCENT

TU CONNAIS UN POÈME, ARIA ?
OUI.
VU QU'IL NOUS RESTE UN PEU DE TEMPS AVANT QUE LE REPAS NE SOIT SERVI...
...
...
CE DÉCHIRANT PRINTEMPS ÉTANT PASSÉ...
JE NE POUVAIS...
OOH
QU'APPLAUDIR VOTRE ROSE.
BLING
Ô MA DOUCE BIEN-AIMÉE.
BLING
SWIFT
TU SEMBLES SÉRIEUSE DANS TES ÉTUDES, ARIA.
HA HA
MÊME QUAND NOUS ÉTIONS PAUVRES, ARIA LISAIT BEAUCOUP.
ET MAINTENANT, GRÂCE À VOUS, ELLE PEUT APPRENDRE ENCORE DAVANTAGE.
HA-HA...

LIRE ? TU PARLES... JE MANGEAIS DE L'HERBE POUR NE PAS MOURIR DE FAIM.
SWIISH
JE FAIS DE MON MIEUX POUR NE PAS TERNIR LA RÉPUTATION DE LA FAMILLE.
DANS MON ANCIENNE VIE, JE NE SAVAIS RIEN DE RIEN ET J'ÉTAIS TOUJOURS COMPARÉE À MIELLE.
JE N'AVAIS PAS RÉALISÉ QU'ELLE AVAIT SIMPLEMENT APPRIS TOUTES CES CHOSES-LÀ AVANT MOI.
JE PENSAIS QUE JE N'ARRIVERAIS JAMAIS À SON NIVEAU, ALORS J'AI ABANDONNÉ ET JE ME SUIS CONCENTRÉE SUR MON APPARENCE.
ET SANS SURPRISE, JE SUIS DEVENUE MÉCHANTE.
CLAP
CLAP
C'EST UN POÈME FORT POPULAIRE DU PREMIER COMTE.
JE L'AI APPRIS QUAND J'AVAIS QUATRE ANS.

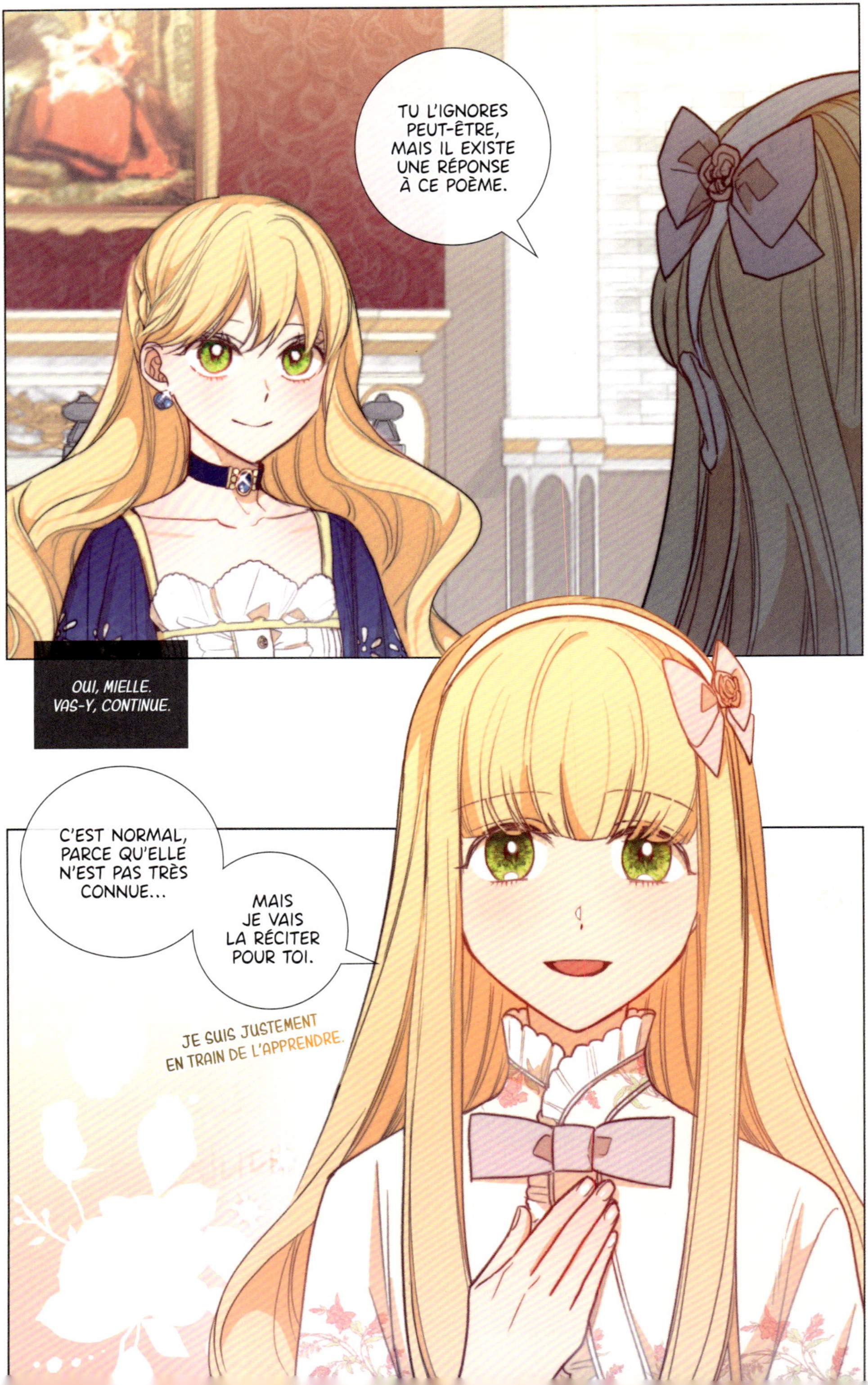
TU L'IGNORES PEUT-ÊTRE, MAIS IL EXISTE UNE RÉPONSE À CE POÈME.
OUI, MIELLE. VAS-Y, CONTINUE.
C'EST NORMAL, PARCE QU'ELLE N'EST PAS TRÈS CONNUE...
MAIS JE VAIS LA RÉCITER POUR TOI.
JE SUIS JUSTEMENT EN TRAIN DE L'APPRENDRE.

...
PUISSES-TU AINSI...
CHACUNE DE MES ROSES RASSEMBLER...
ET LES SEMER AU LONG DE TES JOURS À VENIR...
EN GUISE DE PROFOND RESPECT.
OOOH
MIELLE, TU ES DE PLUS EN PLUS DOUÉE EN RÉCITATION !
CLAP
CLAP
QUEL POÈME MAGNIFIQUE, MIELLE.
MERCI, PÈRE.
CLAP

TU NE LE SAIS SANS DOUTE PAS MAIS...
CETTE RÉPONSE A EN FAIT...
AAH, MIELLE...
ÉTÉ ÉCRITE PAR LE PETIT FRÈRE DU PREMIER COMTE, QUI TENTAIT DE L'ASSASSINER.
COMMENT PEUX-TU RÉCITER DES VERS SANS MÊME EN CONNAÎTRE LE SENS ?!
EN RÉALITÉ, JE L'AVAIS MÉMORISÉE, MOI AUSSI.
SCRITCH
ROOAR
MERCI DE T'ÊTRE FAIT AVOIR.
C'EST POUR CELA QUE JE N'AI PAS VOULU L'APPRENDRE...
ROOAR
TU ES NÉE MISÉREUSE ET TU TE PERMETS DE TE MOQUER DE NOUS EN NOUS SINGEANT ?!
COMMENT OSES-TU RAILLER AINSI LA NOBLESSE ?!
DANS MON AUTRE VIE, C'EST MOI QUI L'AVAIS RÉCITÉE ET TON FRÈRE M'AVAIT DUREMENT CRITIQUÉE.

MAIS IL RESTE BIEN SILENCIEUX, AUJOURD'HUI...
GZZ
KOF
CE POÈME A LONGTEMPS ÉTÉ INTERDIT. IL NE L'EST PLUS DEPUIS QUELQUES DÉCENNIES SEULEMENT.
KOF...
IL CONTIENT EN EFFET DES MÉTAPHORES PARTICULIÈREMENT INSULTANTES.
TU L'AS SANS DOUTE APPRIS SANS SAVOIR TOUT CELA.
KOF !
JUSTE CIEL...
C'ÉTAIT ÇA, MON PLAN. JE ME DOUTAIS QUE MIELLE AVAIT MÉMORISÉ LE RECUEIL EN ENTIER.
SANS MÊME CHERCHER À CONNAÎTRE LE SENS DES POÈMES...
BRR
BRR
!
LE... DÎNER EST PRÊT !
ALLONS-Y !
TU N'AS QUE 13 ANS, MIELLE. AVOIR AINSI RETENU UNE RÉPONSE À UN POÈME EST IMPRES-SIONNANT.
SWIFF
DÉPÊCHEZ-VOUS !
GRAND FRÈRE...
MERCI...

QUEL MAGNIFIQUE AMOUR FRATERNEL.
LES VOIR AINSI SE CONSOLER L'UN L'AUTRE...
HWAASH
DONNE...
UN MEILLEUR GOÛT À CES PLATS DÉJÀ EXCELLENTS !
LA SAUCE EST FANTASTIQUE !
MERCI SEIGNEUR POUR CETTE NOURRITURE ABONDANTE.
ELLE EST DES PLUS... SATISFAISANTES.
HÉ HÉ

EN AYANT REMONTÉ LE TEMPS GRÂCE À CE SABLIER, JE CONNAIS LE FUTUR.
SWIFF
JE SAIS DONC CE QUE JE DOIS FAIRE POUR LE CHANGER.
TCHING
ET C'EST...
SHLAC
TCHAC
TCHAC
TA
DAM

D'APPRENDRE LES BONNES MANIÈRES !
HÉ-HÉ
OUAAH
JUSTE CIEL, ARIA...
TAP
VOUS VOUS AMÉLIOREZ RAPIDEMENT !
BRAVO !
CETTE FEMME EST LA FILLE UNIQUE DU VICOMTE LOREN.
TOUT EST FACILE QUAND C'EST VOUS QUI ME L'ENSEIGNEZ, MADEMOISELLE SARAH.
HA HA
HWAASH
LA TUTRICE D'ARIA SARAH LOREN
JE VEUX DEVENIR AUSSI ÉLÉGANTE QUE MIELLE.
ET JE VEUX FAIRE DE MON MIEUX POUR ÊTRE UNE ÉLÈVE DONT VOUS N'AUREZ PAS À AVOIR HONTE.

OOH
ARIA...
JE...
JE SUIS SINCÈRE. JE M'EN REMETS À VOUS...
FUTURE MARQUISE.
VOUS DEVIENDREZ BIENTÔT L'ÉPOUSE DU MARQUIS VINCENT...
ET IL SE DIT QUE VOUS AIMEZ BEAUCOUP LES ENFANTS...
ALORS JE COMPTE ME SERVIR DE VOUS POUR GAGNER EN PUISSANCE.
HÉ HÉ

DANS MON ANCIENNE VIE, JE NE ME SUIS JAMAIS FAITE À L'ÉTIQUETTE.
JE NE PENSAIS PAS EN AVOIR BESOIN, ALORS JE N'AI JAMAIS VRAIMENT FAIT D'EFFORTS.
J'AVAIS HÉRITÉ DE LA RADIEUSE BEAUTÉ DE MA MÈRE...
ET LES HOMMES ME COURTISAIENT MALGRÉ MON MANQUE D'ÉDUCATION.
À L'ÉPOQUE, JE PENSAIS QUE SEULE MON APPARENCE ME PERMETTRAIT DE GAGNER CONTRE MIELLE...
MAIS LA BEAUTÉ NE DURE QU'UN TEMPS ET MES PRÉTENDANTS SE SONT VITE LASSÉS.
CE QUI FAISAIT SORTIR MIELLE DU LOT ÉTAIT L'ÉDUCATION QU'ELLE AVAIT REÇUE TRÈS TÔT EN TANT QUE JEUNE FILLE DE LA NOBLESSE.

JE PEUX Y PARVENIR, MOI AUSSI !
TAP
TAP
TOUTE DROITE
BLING
LEÇONS D'ÉTIQUETTE
TU VAS VOIR, MIELLE.
JE VAIS DEVENIR UNE VILAINE TOUT COMME TOI.
NON, JE VAIS TE SURPASSER ET DEVENIR UNE VILAINE PARFAITE...
SWIISH
...
QUELLE ENFANT RAVISSANTE...

BONJOUR MADEMOISELLE SARAH !
KYAAH !
SWOOF
OH !
HO HO... EXCUSEZ-LA, MADEMOISELLE SARAH.
ELLE A ENCORE BEAUCOUP À APPRENDRE, NE LUI EN VOULEZ PAS.
QUELLE ÉNERGIE...
CE N'EST RIEN, MADAME.
HA HA
JE SUIS VRAIMENT CONTENTE DE VOUS VOIR
JE ME DEMANDE D'OÙ PEUVENT VENIR TOUTES CES TERRIBLES RUMEURS SUR ARIA.
SWIISH
CERTAINES PERSONNES DOIVENT ÊTRE JALOUSES D'ELLE.
APRÈS TOUT, ELLE SERAIT BIEN CAPABLE DE CHARMER TOUTE LA HAUTE SOCIÉTÉ.
ARIA.

ELLE FAIT DÉSORMAIS PARTIE DE LA NOBLESSE, ALORS JE FERAI TOUT POUR L'AIDER.
VOUS VOUS EN SORTEZ TRÈS BIEN.
CONTINUEZ AINSI ET VOUS MAÎTRISEREZ LA BASE DE L'ÉTIQUETTE AVANT LA FIN DE L'ANNÉE.
FLAP
FLAP
VOUS ME FLATTEZ, MADEMOISELLE SARAH !
CUICUI
PAR AILLEURS, VOUS ÊTES-VOUS FAMILIARISÉE AVEC LES BONNES MANIÈRES À TABLE ? ÇA SEMBLAIT DIFFICILE.
OUI !
ET C'EST GRÂCE À VOUS, MADEMOISELLE SARAH !
VOUS SAVEZ, HIER...
MIAM
MIAM
OOH...
TU FAIS PREUVE DE BIEN BELLES MANIÈRES À TABLE AUJOURD'HUI, ARIA.
HÉ HÉ
C'EST MADEMOISELLE SARAH QUI ME LES A ENSEIGNÉES.
AH ?

AVANT, JE NE VOULAIS PAS MANGER DE SALADE ALORS JE TRIAIS CE QU'IL Y AVAIT DANS MON ASSIETTE.
JE N'ÉTAIS PLUS UNE MISÉREUSE, ALORS POURQUOI CONTINUER À AVALER CES FICHUES FEUILLES ?
L'ÉDUCATION EST LA SOLUTION À TOUS LES PROBLÈMES.
CONTINUE À APPRENDRE TOUT CE QUE TU SOUHAITES, ARIA.
MERCI, PÈRE.
MÊME SI C'EST LOIN D'ÊTRE UN RÉGAL, JE PEUX SUPPORTER LA SALADE...
TANT QUE JE METS ASSEZ DE SAUCE.
...
J'AI TOUJOURS PENSÉ QUE LES DOMESTIQUES FAI-SAIENT N'IMPORTE QUOI AVEC TES PLATS.
MIELLE !
TU VEUX DIRE QUE LES DOMESTIQUES NE M'APPRÉCIENT PAS ?
QUOI...?

C'EST VRAI QUE FUT UN TEMPS, JE N'AVAIS AUCUNE MANIÈRE...
JE... CE N'EST PAS CE QUE JE VOULAIS DIRE...
JE COMPRENDS, MIELLE.
TU PENSAIS SANS DOUTE CELA PARCE QUE TU N'AS JAMAIS VU MON ASSIETTE RESTER PROPRE AU COURS DES REPAS.
JE SAIS COMBIEN TU ES INTELLIGENTE ET PLEINE D'IMAGI-NATION.
MAIS...
J'IGNORAIS QUE TU AVAIS UNE SI TERRIBLE IMAGE DE MOI...
EUH
QUOI ?! N-NON, JE NE FAISAIS QUE PLAISANTER...
KOF !
MIELLE, TU DEVRAIS FAIRE PLUS ATTENTION À CE QUE TU DIS.
TU AS BLESSÉ TA SŒUR.
KOF
KOF
!
J-JE SUIS DÉSOLÉE, PÈRE...

ET...
ARIA...
GRR
GRR
JE N'AI PAS MIS DE SALADE PARTOUT ET J'AI COUPÉ MA VIANDE PROPREMENT !
BLING !
BEAU TRAVAIL, ARIA !
C'EST L'OCCASION DE LANCER MON ATTAQUE.
MADE-MOISELLE SARAH.
IL Y A QUELQUE CHOSE QUE J'AIMERAIS QUE VOUS M'APPRENIEZ.
BLING
BLING
OH ?
SI J'EN SUIS CAPABLE, CE SERA AVEC PLAISIR.
JE VOUS ÉCOUTE.
J'AIMERAIS...
APPRENDRE LA BRODERIE !

C'ÉTAIT UNE ANECDOTE BIEN CONNUE.
CELLE RACONTANT COMMENT LE MARQUIS VINCENT RENCONTRA SA FUTURE ÉPOUSE, SARAH...
GRÂCE À UN MOUCHOIR QU'ELLE AVAIT SI JOLIMENT BRODÉ QU'IL EN ÉTAIT RESTÉ SANS VOIX.

UNE TELLE MAÎTRISE DES TRAVAUX D'AIGUILLE EST LA PREUVE QU'UNE DEMOISELLE FERA UNE BONNE ÉPOUSE.
SARAH DEVINT AINSI MARQUISE, ET UN PARFAIT MODÈLE POUR NOMBRE DE JEUNES FILLES.

IL SE DIT QUE SI UN HOMME GARDE SUR LUI UN MOUCHOIR DONNÉ PAR SA FILLE OU SON ÉPOUSE...
IL VIVRA LONGTEMPS ET EN BONNE SANTÉ.
C'EST UNE CROYANCE DES PLUS SAUGRENUES, TYPIQUE DE LA NOBLESSE.
FLAP
UN SIMPLE BOUT DE TISSU CAPABLE DE PROTÉGER UN HOMME ?
MAIS BON... C'EST AUSSI CE QUI LES REND SI FACILE À MANIPULER.
DEVENIR BRUTALEMENT LA FILLE D'UN COMTE NE M'A PAS AIDÉE À COMPRENDRE LES NOBLES...
ET J'AI EU BEAUCOUP DE MAL À ACCEPTER LEUR MODE DE VIE.
AUCUNE ÉLÉGANCE
D'AUTANT PLUS QUE CE MONDE-LÀ NE M'A PAS VRAIMENT ACCUEILLIE À BRAS OUVERTS.

MAIS CETTE FOIS, JE VAIS ESSAYER DE ME FONDRE AUSSI NATURELLEMENT QUE POSSIBLE PARMI EUX...
POF
ET JE LES DÉTRUIRAI PETIT À PETIT SANS QU'ILS NE SE RENDENT COMPTE DE RIEN.
C'EST POUR ÇA QUE DIEU M'A DONNÉ CETTE SECONDE CHANCE.
PARFAIT.
MAINTENANT, PASSEZ LE FIL À L'ARRIÈRE...
COMME ÇA ?
OUI, EXACTEMENT.
VOUS APPRENEZ TRÈS VITE, ARIA.
MERCI !
C'EST PLUS FACILE QUE JE NE LE PENSAIS.

DANS MON AUTRE VIE, J'AI ABANDONNÉ LA BRODERIE BIEN VITE.
SANS DOUTE PARCE QUE JE N'AVAIS AUCUNE RAISON DE M'ACCROCHER ET DE PERSÉVÉRER.
POURQUOI AVEZ-VOUS DE LA SOIE ?
MAIS MAINTENANT, J'AI UN OBJECTIF CLAIR.
JE VEUX OFFRIR UN MOUCHOIR À MON PÈRE.
MÈRE M'A DONC TROUVÉ UN CARRÉ DE SOIE.
CE TISSU EST VRAIMENT SUBLIME.
JE VAIS Y BRODER LE BLASON DE NOTRE FAMILLE... UNE FLEUR DE LYS !
CE SERA JOLI !
QUELLE PETITE ADMIRABLE.
SI HUMBLE ET SI ATTENTIONNÉE.
EN PLEINE RÉFLEXION
HUM
Roscent
SI MIELLE APPREND QUE JE PRENDS DES COURS DE BRODERIE, ELLE VA TOUT GÂCHER.
ELLE RISQUERAIT DE VOULOIR PRENDRE DES LEÇONS, ELLE AUSSI.
ET SI LE COMTE EN ENTEND PARLER, IL REFUSERA SANS DOUTE MON MOUCHOIR POUR POUVOIR ACCEPTER LE SIEN.
C'EST POUR ÇA QUE J'AI DEMANDÉ DE L'AIDE À MA MÈRE SANS RIEN MENTIONNER À PERSONNE D'AUTRE.
BRODER UN MOUCHOIR ? QUELLE BELLE IDÉE.
JE TE TROUVERAI UN CARRÉ DE SOIE.
HEUREUSEMENT QUE MA MÈRE EST MON ALLIÉE.

DE TOUTE FAÇON...
DANS MON AUTRE VIE, MIELLE N'ÉTAIT PAS SPÉCIALEMENT DOUÉE POUR LA BRODERIE ET N'A FINI SON PREMIER MOUCHOIR QU'À 15 ANS.
MAIS QUI SAIT SI ELLE NE DÉCIDERAIT PAS DE S'Y METTRE PLUS SÉRIEUSEMENT EN APPRENANT QUE JE PRENDS DES COURS.
JE DOIS TOUT APPRENDRE LE PLUS VITE POSSIBLE...
POUR VOLER TOUS LES SUCCÈS DE MIELLE !
ARIA...
GLOUPS
VOTRE BRODERIE EST SUBLIME !
CE MOUCHOIR EST D'UNE PERFECTION RARE !
VOUS POURRIEZ MÊME LE VENDRE !
VOUS ÊTES TROP GENTILLE !
SARAH CONNAÎT VRAIMENT BIEN LA BRODERIE.
J'AI PU APPRENDRE RAPIDEMENT...

NOUS ALLONS PASSER À AUTRE CHOSE, MAINTENANT QUE LE MOUCHOIR POUR VOTRE PÈRE EST TERMINÉ...
QUELQUE CHOSE D'UN PEU PLUS COMPLEXE, PEUT-ÊTRE ?
SCRITCH
J'AIMERAIS... BRODER UNE ROSE EN OR.
ARIA, SAVEZ-VOUS CE QUE REPRÉSENTE CE SYMBOLE...?
BIEN SÛR.
C'EST LE BLASON DE LA MAISON FREDERICK, N'EST-CE PAS ?
MA CIBLE EST OSCAR FREDERICK, LE FIANCÉ DE MIELLE.

ELLE A TOUJOURS ÉTÉ TRÈS ÉPRISE DE LUI.
HUM...
IL ME SEMBLAIT QUE LA MAISON FREDERICK ET LA MAISON ROSCENT ENVISAGEAIENT UN MARIAGE ENTRE MONSIEUR OSCAR ET MADEMOISELLE MIELLE.
EST-CE QUE...
ARIA AURAIT AUSSI DES SENTI-MENTS POUR CE JEUNE HOMME ?!
ARGH
JE VAIS TE LE VOLER, MIELLE...
NON !
SI CELA S'ÉBRUITAIT, DES RUMEURS PLUS MÉDISANTES ENCORE SE RÉPANDRAIENT À PROPOS D'ARIA !
ELLE EN SERAIT EFFONDRÉE !
ARGH
HÉ HÉ
HÉ HÉ
JE DOIS PROTÉGER CETTE SI GENTILLE PETITE !
OSCAR NE M'INTÉRESSE PAS DU TOUT MAIS JE VEUX TE VOIR SOUFFRIR !
HÉ HÉ
ARIA, EUH... COMPTEZ-VOUS OFFRIR CE MOUCHOIR À MONSIEUR OSCAR ?
MONSIEUR OSCAR ? QUI EST-CE ?
SWIFT
SARAH...
JE VEUX JUSTE BRODER CE BLASON PARCE QU'IL EST TRÈS JOLI...
AH, JE VOIS...
FIOU
VOUS VOUS INQUIÉTEZ POUR MOI ?

VOUS AVEZ SI BON CŒUR QUE VOUS NE VOUS RENDEZ MÊME PAS COMPTE QUE JE VOUS UTILISE.
VENEZ VOUS ASSEOIR À CÔTÉ DE MOI.
JE SUIS NAVRÉE DE VOUS AVOIR POSÉ UNE TELLE QUESTION.
ET SI NOUS COMMENCIONS CETTE ROSE, PLUTÔT ?
OUI ♡
TOUT DE SUITE !
OSCAR.
RENTRE DONC, LE VENT EST FRAIS CE SOIR.
BIEN...
GRANDE SŒUR.
SWOOOOSH

C'EST UN CADEAU POUR VOUS.
VOUS DEVEZ LE GARDER SUR VOUS À L'AVENIR.
HA HA
ÉVIDEMMENT. C'EST UN CADEAU DE TA PART, APRÈS TOUT.
J'AI TOUJOURS ÉTÉ CONSIDÉRÉE COMME SANS INTÉRÊT COMPARÉE À MIELLE.
PERSONNE NE PENSAIT QUE J'ARRIVERAIS UN JOUR À SON NIVEAU, ET MOI NON PLUS.
J'AI FINI PAR ACCEPTER CETTE IDÉE...
COMME S'IL S'AGISSAIT D'UN FAIT INALTÉRABLE.

PARLONS UN PEU AFFAIRES.
BIEN.
IL EST TEMPS POUR NOUS DE CHERCHER DE NOUVEAUX PRODUITS DANS LESQUELS INVESTIR.
QUE PENSEZ-VOUS DU CUIR, PÈRE ?
LE CUIR ?
OUI.
LES DAMES LES PLUS AU FAIT DE LA MODE PORTENT DES CORSETS EN CUIR PAR-DESSUS LEUR ROBE.
JE TROUVE QUE C'EST ASSEZ ORIGINAL.

IL Y A DEUX ANS QU'IL SE DIT QUE LE CUIR DEVIENDRA POPULAIRE.
C'EST UN PEU TARD POUR SE LANCER.
HÉ HÉ ♥
HUM...
MAIS JE VAIS T'ÉCOUTER ET VOIR CE QUI PEUT SE FAIRE.
HA HA
MIELLE...
AS-TU TOUJOURS DIT AUTANT DE BÊTISES...?
SWOOSH...
DIRE QU'À L'ÉPOQUE, JE TE TROUVAIS INTELLIGENTE...
MAIS JE COMPRENDS MAINTENANT QUE TU PARLES SANS RÉFLÉCHIR.
SI LES CORSETS NE SONT TOUJOURS PAS RÉPANDUS APRÈS DEUX ANS, C'EST QU'ILS POSENT PROBLÈME.

LE CUIR EST COMPLIQUÉ À PRODUIRE ET À TRAVAILLER. ET EN PLUS...
IL PEUT RAPIDEMENT SENTIR TERRIBLEMENT MAUVAIS !
MADEMOISELLE ARIA... VOTRE PARFUM EST DES PLUS SURPRENANTS.
IL EST UNIQUE, N'EST-CE PAS ? HA HA !
HA HA HA...
ODEUR NAUSÉABONDE
ET C'EST BIEN POUR CELA QUE LES CORSETS EN CETTE MATIÈRE N'ONT JAMAIS ÉTÉ POPULAIRES.
PÈRE, POURRAIS-JE DONNER MON AVIS ?
TOI, ARIA ?
OH !
HI HI
J'IGNORAIS QUE TU T'INTÉRESSAIS À LA MODE.
JE M'INTÉRESSE À TOUT, PÈRE.
QU'EST-CE QU'ELLE VA DIRE, ENCORE ?
HI HI
J'AI ENTENDU PARLER DE CES NOBLES DAMES QUI PORTAIENT DES CORSETS DE CUIR PAR-DESSUS LEUR ROBE.
JE ME SUIS D'AILLEURS DEMANDÉ...
HUM
SI UN TEL MATÉRIAU POUVAIT DEVENIR TENDANCE.

OH ?
QUE VEUX-TU DIRE PAR LÀ ?
VOYEZ-VOUS...
CONVAINCANTE
TEINDRE LE CUIR N'EST PAS CHOSE AISÉE. DE PLUS, LA COULEUR S'Y ESTOMPE FACILEMENT.
ET LOGIQUE
PRODUIRE DU CUIR EST AUSSI PLUS DIFFICILE QUE CE QUE L'ON IMAGINE. DE FAIT, PEU DE GENS SOUHAITENT SE LANCER.
JE PENSE QUE SI CE MATÉRIAU AVAIT VRAIMENT DU POTENTIEL...
IL SERAIT DÉJÀ À LA MODE PAR CHEZ NOUS.
U
TU N'AS PAS TORT, EN EFFET...
ET PUIS, J'AI ENTENDU UNE HISTOIRE BIEN PLUS INTÉ-RESSANTE.
VOUS SAVEZ QUE LA PRINCESSE A PRIS DES VACANCES DANS LE NORD IL Y A PEU, N'EST-CE PAS ?
DURANT SON SÉJOUR...

ELLE A ACHETÉ UNE GRANDE QUANTITÉ DE FOURRURE.
VRAIMENT ? DE LA FOURRURE ?
OUI. LES RUMEURS DISENT QU'ELLE AURAIT RAMENÉ AU PALAIS IMPÉRIAL DES CARROSSES ENTIERS REMPLIS DE FOURRURE.
LA FOURRURE EXISTE EN PLUSIEURS COULEURS, ELLE EST DOUCE, SANS ODEUR...
ET TOUT CE QUE PORTE LA PRINCESSE DEVIENT À LA MODE. ALORS, SI ELLE DÉCIDE DE PORTER DE LA FOURRURE...
IL VA SANS DIRE QUE CE SERA TENDANCE DANS PEU DE TEMPS, NON ?
DE LA FOURRURE...
OUI, IL Y A DE FORTES CHANCES QUE CE MATÉRIAU DEVIENNE POPULAIRE.
LA FOURRURE EST LONGUE À PRODUIRE ET IL Y A ENCORE PEU DE DEMANDE, DONC JE POURRAIS RAPIDEMENT DOMINER LE MARCHÉ.
OÙ AS-TU ENTENDU PARLER DE ÇA ?

C'EST UNE BONNE QUESTION...
JE ME SOUVIENS JUSTE M'ÊTRE DIT QUE JE DEVRAIS VOUS EN PARLER, MAIS LE RESTE...
HUUM
RÉFLÉCHIS BIEN, ESSAIE DE T'EN RAPPELER.
HUM...
HUM...
QUI A BIEN PU M'EN PARLER ?
ARGH...
NE SERAIT-IL PAS PRÉFÉRABLE D'ENVOYER QUELQU'UN VÉRIFIER ÇA AU PLUS VITE ?
SI VOUS M'ÉCOUTEZ, VOUS RENCONTREREZ LE SUCCÈS. SI CE N'EST PAS LE CAS, VOUS LE REGRETTEREZ.
QUELLE QUE SOIT L'ISSUE, J'EN SORTIRAI GAGNANTE.
JE SUIS DÉSOLÉE, PÈRE. JE NE M'EN SOUVIENS VRAIMENT PAS.
PARDON !
SHALALA
C-CE N'EST PAS GRAVE...
KOF KOF !

AH, PÈRE !
J'AI RETROUVÉ UNE BARRETTE QUE VOUS M'AVIEZ OFFERTE IL Y A LONGTEMPS.
J'AI VRAIMENT FAILLI ME LAISSER CONVAINCRE PAR UNE ENFANT...
OH, QUELLE JOLIE BARRETTE QUE VOILÀ.
HA HA, ET IL Y A UNE PERLE DESSUS. C'ÉTAIT LA GRANDE MODE, À L'ÉPOQUE.
ELLE T'IRAIT SANS DOUTE ENCORE AUJOURD'HUI, MIELLE.
ET LES ROBES QUI FAISAIENT FUREUR ÉTAIENT...
BLABLA
BLABLA
HO HO !
QUE LE BANQUET AVAIT ÉTÉ AMUSANT CE JOUR-LÀ !
C'EST VRAI, OUI.
CUI CUI
JE DOIS Y ALLER, MAINTENANT.
BLABLA
BLABLA
JE SUIS NAVRÉ DE NE POUVOIR RESTER PLUS LONGTEMPS.
IL SEMBLE AVOIR FAIT VÉRIFIER CE QUE JE LUI AI RACONTÉ.
IL NE LUI A PAS FALLU LONGTEMPS POUR DÉCIDER D'ALLER CHERCHER DES FOURRURES. UN VRAI HOMME D'AFFAIRES...

JE VOUS SOUHAITE UN BON VOYAGE, PÈRE.
REVENEZ-NOUS EN BONNE SANTÉ !
OUI, OUI.
HA HA !
PRENEZ SOIN DE VOUS ÉGA...
GNIP
?!
J'AIMERAIS VOUS DONNER QUELQUE CHOSE, PÈRE.
SWIISH
BLING
BLING
JE SUIS UN PEU GÊNÉE, MA BRODERIE N'EST PAS ENCORE PARFAITE...
MAIS JE ME SUIS DIT QUE VOUS EN AURIEZ BESOIN EN PARTANT SI LOIN.
SWIF

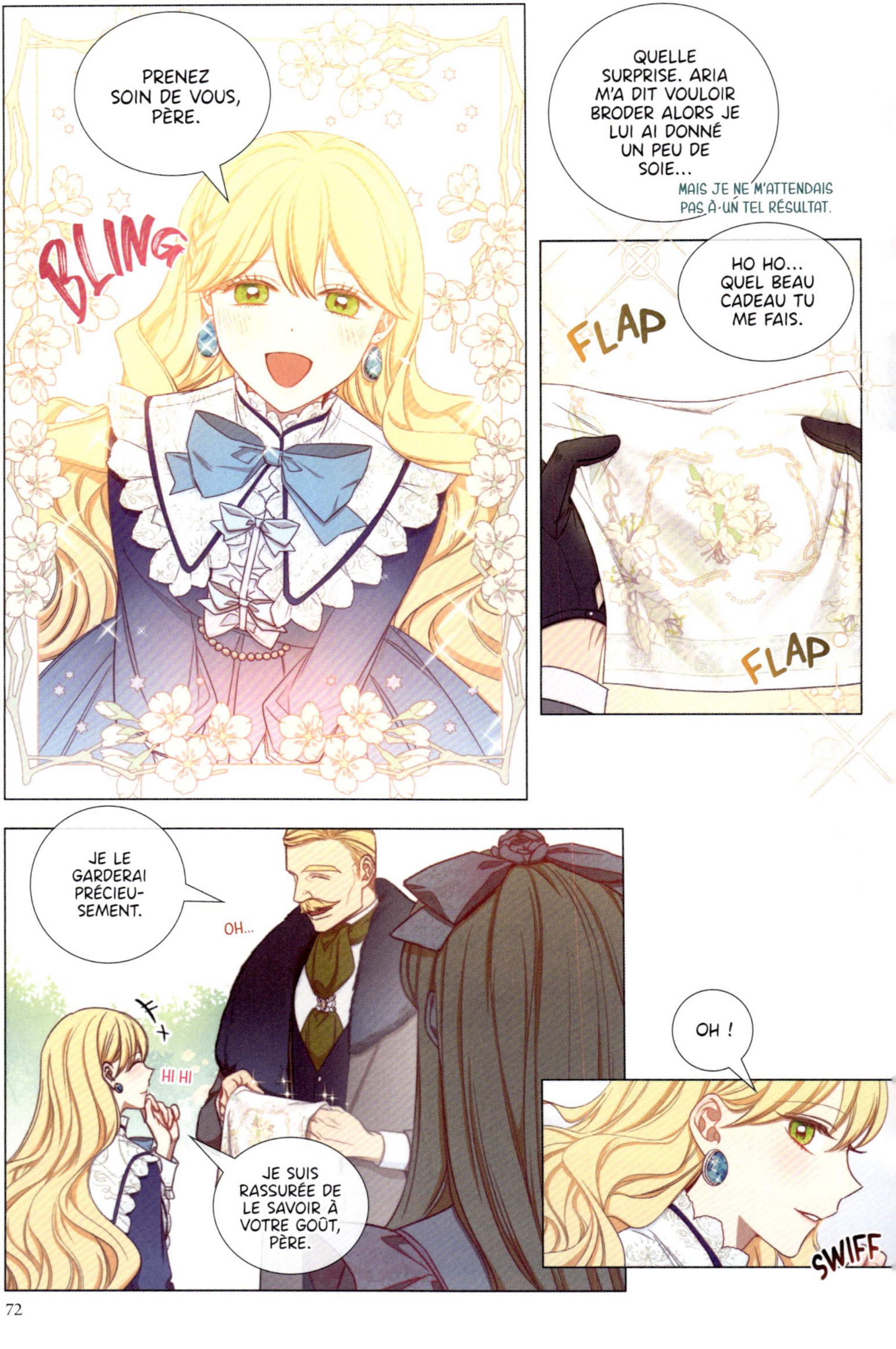
PRENEZ SOIN DE VOUS, PÈRE.
BLING
QUELLE SURPRISE. ARIA M'A DIT VOULOIR BRODER ALORS JE LUI AI DONNÉ UN PEU DE SOIE…
MAIS JE NE M'ATTENDAIS PAS À UN TEL RÉSULTAT.
HO HO… QUEL BEAU CADEAU TU ME FAIS.
FLAP
FLAP
JE LE GARDERAI PRÉCIEU-SEMENT.
OH…
HI HI
JE SUIS RASSURÉE DE LE SAVOIR À VOTRE GOÛT, PÈRE.
OH !
SWIFF

MIELLE, JE PEUX T'EN BRODER UN, SI TU VEUX.
ET À VOUS AUSSI, CAÏN.
HWIK
SWOOSH
CE NE SERA PAS NÉCESSAIRE.
AH LÀ LÀ...
CAÏN PEUT BIEN REFUSER, ÇA M'EST ÉGAL.
HWIK
LA SEULE CHOSE QUE JE VEUX...
C'EST VOIR LE VISAGE DE MIELLE SE DÉCOMPOSER.
HÉ HÉ...
BRR
BRR
CE... NE SERA PAS NÉCESSAIRE NON PLUS...
D'ACCORD.
CE N'EST PAS GRAVE ^^
TACLAP
JE REVIENDRAI VITE !
TACLAP

NON...!
CLAC !
CRAAASH
NON...
NON !
MADEMOISELLE
MIELLE...

ENCORE UNE TUTRICE QUE MIELLE FAIT RENVOYER...
IL EST TOUT NATUREL QU'ELLE SOIT EXIGEANTE APRÈS AVOIR VU MA BRODERIE PARFAITE.
JE VAIS CONTINUER À TOUT APPRENDRE AVANT TOI. LE FOSSÉ QUI NOUS SÉPARE NE FERA QUE S'AGRANDIR...
JUSQU'À CE QUE NOS DESTINS S'ÉCHANGENT D'EUX-MÊMES.
TAP
TU AS BEAU ÊTRE JEUNE, TU LE RESSENS AUSSI, NON ?
TAP
MIELLE.
TAP
HUM...
CE THÉ EST PARFUMÉ.
EN EFFET.
SWIISH

QUAND JE TE REGARDE, DERNIÈREMENT, JE ME DIS QU'IL EST TEMPS DE TE CHERCHER UN ÉPOUX.
JE N'AI ENCORE QUE 14 ANS.
MAIS TU EN AURA BIENTÔT 15 !
32 ANS, CE QUI EST ENCORE JEUNE...
LA JEUNESSE D'UNE FEMME EST ÉPHÉMÈRE.
MA VIE ÉTAIT BIEN DURE À TON ÂGE...
TU N'IMAGINES PAS CE QUE C'EST DE DEVOIR SATISFAIRE TOUS CES CLIENTS POUR SURVIVRE.
CERTES, CERTAINS CHERCHAIENT VÉRITABLEMENT L'AMOUR, MAIS ILS FINISSAIENT TOUJOURS PAR PARTIR.
LEURS PROMESSES N'ÉTAIENT QUE DES PAROLES EN L'AIR...
J'AI AUSSI CONNU UN BARON QUI A PRIS LA FUITE EN APPRENANT QUE J'ÉTAIS ENCEINTE DE TOI.
CE LÂCHE !
VOUS AURIEZ DÛ VOUS DÉBARRASSER DE MOI.
C'EST CE QUE J'AURAIS FAIT.

UN ENFANT N'EST QU'UN FARDEAU QUAND ON SE BAT CONTRE LA MISÈRE.
MÊME SI J'AVAIS AVORTÉ, CE MINABLE NE M'AURAIT PAS PRISE AVEC LUI.
CERTES, À L'ÉPOQUE J'AI REGRETTÉ DE TE METTRE AU MONDE... MAIS TOUT S'EST BIEN TERMINÉ, EN FIN DE COMPTE.
SLURP
VRAI-MENT...?
NATUREL-LEMENT !
UN COMTE AVEC UN GRAND DOMAINE ET QUI FAIT DES AFFAIRES VAUT BIEN MIEUX QU'UN BARON DE RASE CAMPAGNE, NON ?
J'AI DÛ SOUFFRIR QUELQUES ANNÉES DE PLUS...
MAIS TOUT VA BIEN MAINTENANT.
LE THÉ A REFROIDI.
REFAITES-NOUS-EN UN PEU.
...
BIEN, MADAME.
SWOOSH
VOUS AVEZ PU ÉCHAPPER À CETTE VIE GRÂCE À VOTRE PERSÉVÉRANCE, MÈRE.
JE NE PEUX QUE VOUS REMERCIER DE NE PAS M'AVOIR ABANDONNÉE ET DE M'AVOIR PRISE AVEC VOUS.
DANS MON AUTRE VIE, JE N'AI ÉTÉ QU'UNE IDIOTE INCAPABLE D'EMPÊCHER VOTRE MORT...
ARIA, SAIS-TU...
QUE MIELLE SEMBLE S'INTÉRESSER GRANDEMENT AU FILS AÎNÉ DE LA MAISON FREDERICK ?
HÉ HÉ
BA BOUM
VOUS VOULEZ PARLER DE MONSIEUR OSCAR ?

OUI. IL EST APPAREMMENT DANS LA MÊME CLASSE QUE CAÏN À L'ACADÉMIE.
MIELLE N'A DE CESSE DE NOUS DEMANDER DE L'INVITER ICI.
LA MAISON DU DUC FREDERICK...
ET LA MAISON DU COMTE ROSCENT...
CE SERAIT UNE PARFAITE ALLIANCE.
MAIS LA MAISON ROSCENT A MAINTENANT DEUX FILLES.
HO HO
HÉ HE
EN EFFET.
ARIA.
JE TE SOUHAITE D'ÊTRE HEUREUSE.
HO HO !
TAP TAP TAP
JE SUIS DÉCIDÉE À FAIRE VIVRE UN ENFER À MIELLE.
NE VOUS INQUIÉTEZ PAS, MÈRE.
ET NE DIT-ON PAS QUE LE MALHEUR DES UNS FAIT LE BONHEUR DES AUTRES ?
LE VENT EST FRAIS, AUJOURD'HUI...
SWOOOSH

IL N'Y A PLUS PERSONNE POUR ME MÉPRISER...
CAÏN EST PARTI À L'ACADÉMIE...
ET MIELLE S'EST ENFERMÉE DANS SA CHAMBRE POUR APPRENDRE À BRODER.
SHA
LA
LA
HA HA HA
ALORS J'AI DU MAL À M'EMPÊCHER DE SOURIRE !
AVEZ-VOUS APPRIS UNE BONNE NOUVELLE, ARIA ?

J'AI VÉCU DE BELLES CHOSES, CES DERNIERS TEMPS.
ET BIEN SÛR...
SWIFF
LA PLUS BELLES DE TOUTES FUT DE VOUS RENCONTRER, MADEMOISELLE SARAH !
TOUTE ÉMUE
ARIA...
VOUS N'IMAGINEZ PAS À QUEL POINT VOUS M'ÊTES UTILE.
J'AI UNE BONNE NOUVELLE À AJOUTER AUX VÔTRES, ARIA.
VRAIMENT ?
LAQUELLE ?

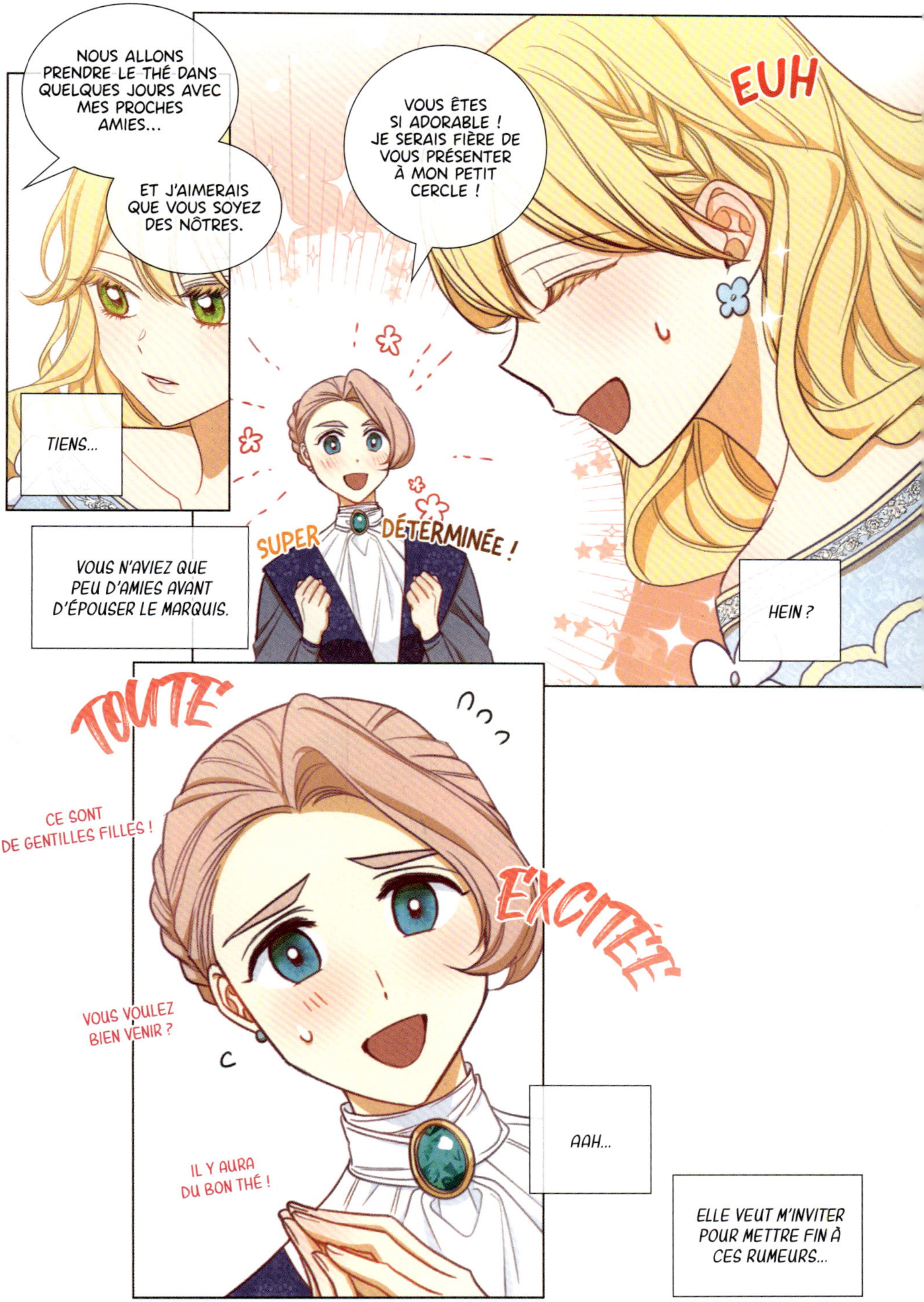
NOUS ALLONS PRENDRE LE THÉ DANS QUELQUES JOURS AVEC MES PROCHES AMIES...
ET J'AIMERAIS QUE VOUS SOYEZ DES NÔTRES.
TIENS...
VOUS N'AVIEZ QUE PEU D'AMIES AVANT D'ÉPOUSER LE MARQUIS.
VOUS ÊTES SI ADORABLE ! JE SERAIS FIÈRE DE VOUS PRÉSENTER À MON PETIT CERCLE !
EUH
SUPER DÉTERMINÉE !
HEIN ?
TOUTE EXCITÉE
CE SONT DE GENTILLES FILLES !
VOUS VOULEZ BIEN VENIR ?
IL Y AURA DU BON THÉ !
AAH...
ELLE VEUT M'INVITER POUR METTRE FIN À CES RUMEURS...

"LA FILLE DE LA CATIN EST JALOUSE DE LA FILLE DU COMTE ET PASSE SES JOURNÉES À LA MALMENER."
"ELLE RESSEMBLE BIEN À SA MÈRE AVEC UN SI MAUVAIS CARACTÈRE."
"CETTE PETITE GARCE CHERCHE À DÉTRUIRE LA MAISON ROSCENT."
"LA PAUVRE MIELLE PASSE DES NUITS ENTIÈRES À PLEURER."
CES RUMEURS...

SONT TOUTES VRAIES.
VOUS POURREZ AINSI RENCONTRER DE NOUVELLES AMIES...
VOUS SORTEZ PEU, LES GENS NE VOUS CONNAISSENT PAS VRAIMENT...
SWIFT
TOUTE EXCITÉE
C'ÉTAIT DANS MON AUTRE VIE, MAIS C'ÉTAIT LA VÉRITÉ...
SAUF CETTE DERNIÈRE RUMEUR SUR MIELLE !
IL EST GRAND TEMPS QUE JE CORRIGE TOUT ÇA.
ARIA...
JE NE MÉRITE PAS D'ASSISTER À UN TEL ÉVÉNEMENT...
MAIS PUISQUE C'EST VOUS QUI M'INVITEZ, MADEMOISELLE SARAH...
JE NE PEUX QU'ACCEPTER DE ME JOINDRE À VOUS.
BLING

C'EST MERVEILLEUX !
JE SUIS CERTAINE QU'ELLES SERONT TOUTES RAVIES DE VOUS RENCONTRER.
MERCI, MADEMOISELLE SARAH.
POUR TOUT CE QUE VOUS FAITES...
BON, POUR COMMENCER...
JE DOIS CHOISIR MA TENUE !
SWOOSH !
DÉBARRASSE-MOI DE TOUTES CES ROBES...
TOUT PLEIN DE FROUFROUS
JESSIE.
OUI ?
PARDON ?
EUH... BIEN, MADEMOISELLE.

AAH...
MÊME JESSIE SAIT QUE CES ROBES SONT BONNES À JETER.
SWOOF
GNH...
J'ÉTAIS LA SEULE À NE PAS M'EN RENDRE COMPTE, À L'ÉPOQUE.
BLING
QUI A BIEN PU CRÉER DES TENUES AUSSI CRIARDES...?!
JE LES PENSAIS ADAPTÉES PARCE QU'ELLES ÉTAIENT EN VENTE, MAIS JE NE CONNAISSAIS RIEN À LA MODE.
HA HA
JE SUIS TROP MIGNONNE !
BLING
MADEMOISELLE ARIA.
À PROPOS DE VOTRE SABLIER...
MON SABLIER ? EST-IL RÉPARÉ ?
OUI. DOIS-JE ALLER LE CHERCHER APRÈS VOUS AVOIR DÉBARRASSÉE DE CES TENUES ?
HUM...
NON, JE DOIS ACHETER DE NOUVELLES ROBES, ALORS JE LE RÉCUPÉRERAI MOI-MÊME.
AIDE-MOI JUSTE À ME PRÉPARER.

IL VAUT MIEUX ÉVITER DE LAISSER TROP DE GENS TOUCHER AU SABLIER.
IL M'A SAUVÉ LA VIE, ALORS JE DOIS EN PRENDRE SOIN.
EUH...
EUH...
MAIS, MADE-MOISELLE...
SI VOUS JETEZ TOUTES VOS ROBES, VOUS N'EN AUREZ PLUS POUR SORTIR...
IL NE RESTE QUE VOS ROBES DE CHAMBRE...
TOUT VIDE
GNIP
ARGH !
C'EST VRAI QUE LES NOBLES ONT DES TENUES DIFFÉRENTES POUR LA MAISON ET POUR LEURS SORTIES...
JE N'EN AVAIS QU'UNE QUI FAISAIT TOUT QUAND JE VIVAIS DANS LA MISÈRE !
MAIS JE REFUSE DE PORTER CES CHOSES-LÀ...
IL DOIT BIEN Y AVOIR UNE TENUE QUE JE PEUX METTRE DANS CETTE GRANDE MAI...
!!
TU AS MANQUÉ DE TANT DE CHOSES DURANT TON ENFANCE QUE NOUS FAISONS PRESQUE LA MÊME TAILLE...
TU VEUX ESSAYER DE SURVIVRE EN MANGEANT DE L'HERBE ?
SANS FAÇON, MERCI.

JESSIE, REMETS CES ROBES DANS LE PLACARD.
TOUTES ?
OUI, TOUTES.
QUAND CE SERA FAIT, TU POURRAS DISPOSER.
BIEN MADEMOI-SELLE...
SWIFT
SWIFT
CLAC
SWIFT
SWIFT
MADEMOISELLE ARIA S'EST BEAUCOUP ASSAGIE RÉCEMMENT, JE SUIS UN PEU CONFUSE.
MAIS SON HUMEUR EST TOUJOURS AUSSI CHANGEANTE. C'EST RASSURANT.
RASSURÉE
TOUT CE QUI ME SERT POUR MES BOUGIES PARFUMÉES SE TROUVE ICI, ET NOTAMMENT...
MES ALLUMETTES !
TADAM
HWAAAASH
AAAH !

AAAH
AU FEU !
MADEMOISELLE ARIA !
HWAAAAASH
VITE ! DE L'EAU !
AAAH !
ÉTEIGNEZ LES FLAMMES !
SNIF
SNIF
PAUVRE
J'ESSAYAIS D'ALLUMER UNE BOUGIE...
MAIS L'ALLUMETTE ÉTAIT BRÛLANTE, ELLE M'A ÉCHAPPÉE DES MAINS...
PETITE

JE SUIS DÉSOLÉE, MÈRE.
SNIF
SNIF
LA PAUVRE, ELLE A DÛ AVOIR PEUR...
BLABLA
OUI, ELLE EST SI JEUNE...
BLABLA
BLABLA
HEUREUSEMENT, CE NE SONT QUE DES VÊTEMENTS...
CE GENRE DE MALADRESSE EST EXCUSABLE, À TON ÂGE.
L'ESSENTIEL, C'EST QUE LE FEU NE SE SOIT PAS PROPAGÉ.
JE COMPTAIS SORTIR, MAIS TOUTES MES ROBES ONT BRÛLÉ...
!
ZYEUTE
SNIF
TU NE PEUX PAS SORTIR EN ROBE DE CHAMBRE.
ESSAYONS DE TROUVER UNE TENUE À EMPRUNTER À QUELQU'UN DE TA TAILLE.
SCRITCH
TAC
ELLE EST DEVENUE PLUS ÉLÉGANTE RÉCEMMENT, ELLE NE VOULAIT SANS DOUTE PLUS PORTER CES ROBES-LÀ.
MÊME MOI, JE LES TROUVAIS RIDICULES...
MIELLE...

PARDON, JE NE VOULAIS PAS TE DÉRANGER, MAIS AVEC CE QUI VIENT DE SE PASSER...
EUH...
J'IMAGINE QUE TU NE VEUX PAS ME PRÊTER L'UNE DE TES SI JOLIES TENUES...
JE COMPRENDS...
JE NE VEUX PAS TE FORCER LA MAIN, ALORS NE T'INQUIÈTE PAS. CE N'EST RIEN.
CE SERA UN PEU GÊNANT, MAIS JE PEUX FAIRE DE RAPIDES COURSES EN ROBE DE CHAMBRE. ÇA IRA.
UNE NOBLE QUI SORT EN ROBE DE CHAMBRE...?
BLABLA
BLABLA
ELLE A LE DROIT ?
J'EN DOUTE...
JE FERAI VITE POUR NE PAS FAIRE HONTE À NOTRE FAMILLE.
PERSONNE NE CONNAÎT VRAIMENT MON VISAGE, DE TOUTE FAÇON...
HWIK
SNIF
BLABLA
BLABLA
EUH, JE...
TIENS ? MADEMOISELLE MIELLE REFUSE DE LUI PRÊTER UNE ROBE ?
JE NE LA PENSAIS PAS SI DURE...
SORTIR COMME ÇA ENTACHERA LA RÉPUTATION DES ROSCENT...
BLABLA
BLABLA
SI J'AVAIS FAIT UN CAPRICE COMME PAR LE PASSÉ, JE N'AURAIS PAS ÉTÉ SOUTENUE...

MAINTENANT QUE JE SAIS MIEUX Y FAIRE, JE NE RÉAGIRAI PLUS COMME UNE ENFANT IMMATURE.
J-JE VAIS TE PRÊTER UNE ROBE.
TCHING
CE NE SONT QUE DES VÊTEMENTS, APRÈS TOUT.
VRAIMENT ? MERCI, MIELLE !
TOUT EST BIEN QUI FINIT BIEN !
SWOOF
QUELLE JOLIE SCÈNE !
SUPER TOUCHANT
ELLE EST ADORABLE !
Q-QUELLE CHANCE QUE NOUS FAISIONS PRESQUE LA MÊME TAILLE...
TU ES VRAIMENT UN ANGE, MIELLE.
MERCI !
HA... HA HA...

DISTINGUÉES ET RAFFINÉES
TU PEUX CHOISIR CELLE QUE TU VEUX.
ELLE DEVRAIT ÊTRE PAR-LÀ.
MADEMOISELLE MIELLE...
AAH...
HWIK
HWIK
SHLAAC
!
LA VOILÀ.

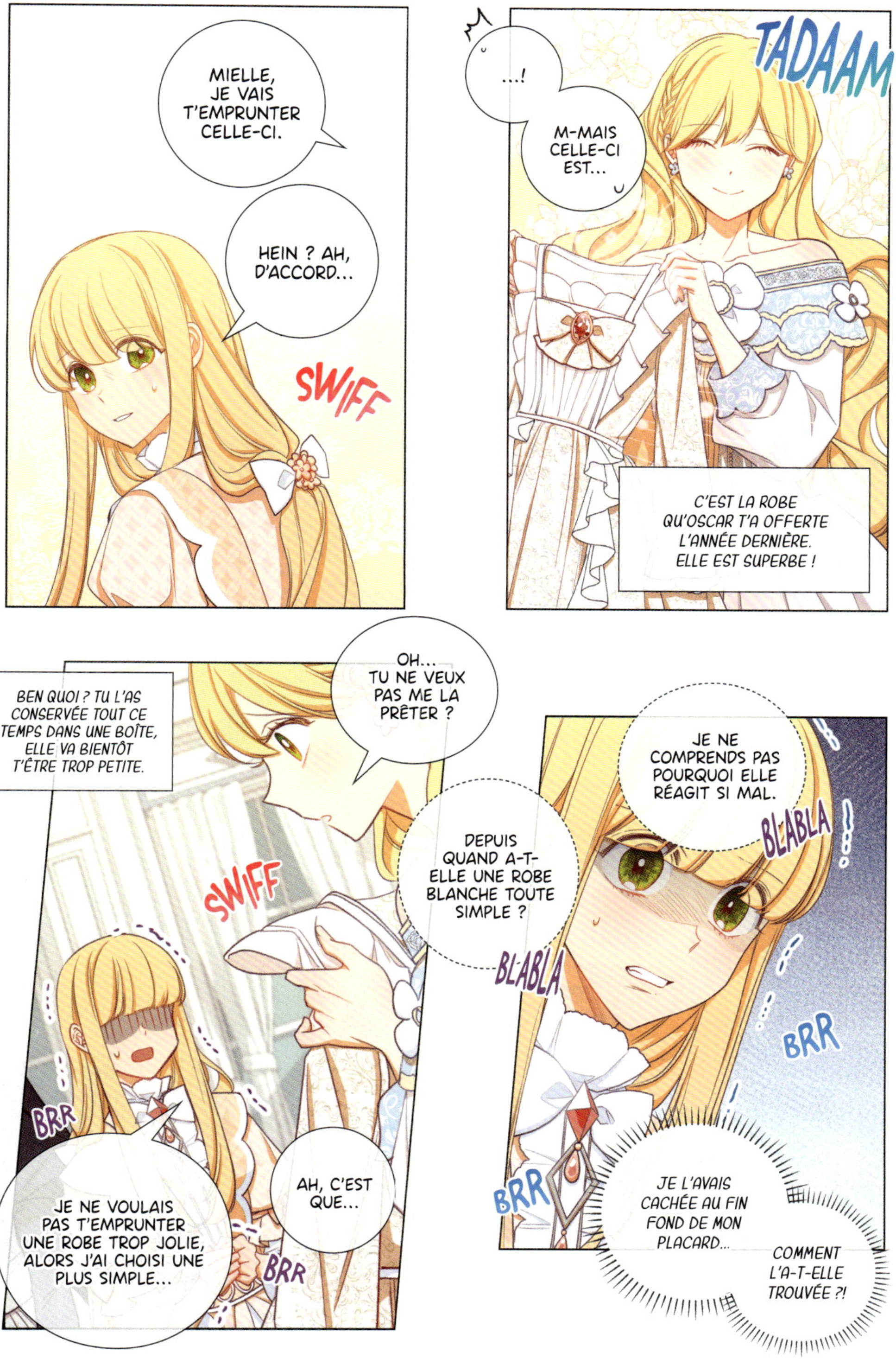
MIELLE, JE VAIS T'EMPRUNTER CELLE-CI.
HEIN ? AH, D'ACCORD...
SWIFF
...!
M-MAIS CELLE-CI EST...
TADAAM
C'EST LA ROBE QU'OSCAR T'A OFFERTE L'ANNÉE DERNIÈRE. ELLE EST SUPERBE !
BEN QUOI ? TU L'AS CONSERVÉE TOUT CE TEMPS DANS UNE BOÎTE, ELLE VA BIENTÔT T'ÊTRE TROP PETITE.
OH... TU NE VEUX PAS ME LA PRÊTER ?
SWIFF
BRR
JE NE VOULAIS PAS T'EMPRUNTER UNE ROBE TROP JOLIE, ALORS J'AI CHOISI UNE PLUS SIMPLE...
AH, C'EST QUE...
BRR
JE NE COMPRENDS PAS POURQUOI ELLE RÉAGIT SI MAL.
DEPUIS QUAND A-T-ELLE UNE ROBE BLANCHE TOUTE SIMPLE ?
BLABLA
BLABLA
BRR
BRR
JE L'AVAIS CACHÉE AU FIN FOND DE MON PLACARD...
COMMENT L'A-T-ELLE TROUVÉE ?!

SWOOSH
JE NE CONNAIS RIEN AUX TISSUS ET À LA MODE, J'AI DÛ CHOISIR UNE ROBE CHÈRE SANS LE SAVOIR...
PARDON, MIELLE. JE NE L'AI PAS FAIT EXPRÈS...
TCHING
BLABLA
BLABLA
QUELLE ROBE DEVRAIS-JE T'EMPRUNTER À LA PLACE ?
ELLE N'AVAIT PAS VRAIMENT ENVIE DE LUI PRÊTER UNE TENUE, EN FAIT...
BLABLA
OH LÀ LÀ...
BLABLA
MIELLE ROSCENT, JEUNE FILLE NOBLE AU GRAND CŒUR...
TU DOIS VITE RATTRAPER LE COUP ET SAUVER TON IMAGE, N'EST-CE PAS ?
SWIISH
JE...
JE PEUX TE LA PRÊTER, BIEN SÛR...

VRAI-MENT ?!
ELLE EST SI MIGNONNE QUE JE NE PENSAIS PAS QUE TU ACCEPTERAIS !
OUAH !
HWIK
HÉ HÉ
HA HA
JE NE LA SALIRAI PAS ET TE LA RENDRAI VITE. PROMIS !
HWIK
C-CE SERAIT PARFAIT, ARIA...
QUEL COUP DE CHANCE.
QUAND ELLE SERA PLUS ÂGÉE, ELLE SAURA ÉVITER FACILEMENT CE GENRE DE PIÈGE.
HEUREUSEMENT POUR MOI, ELLE N'EST ENCORE QU'UNE ENFANT QUI NE SAIT PAS DIRE NON.
AVANT QUE LE JEUNE LYS NE FLEURISSE...
JE DOIS ARRACHER SES RACINES.

ET LA TÊTE
QUI TOMBERA SUR
LA GRAND-PLACE...
NE SERA PAS
LA MIENNE.

PAUVRE IDIOTE...
ELLES SUIVAIENT SIMPLEMENT MES CONSIGNES.
JE SUIS VRAIMENT RAVIE DE TE VOIR SOUFFRIR.
TU VAS ME MANQUER...
ARIA.
SHLAAAC

ROU ROU
ROU ROU
BLABLA
BLABLA
BLABLA
TACLAP
BLABLA
TACLAP
CE N'EST PAS ENCORE ARRIVÉ.

DILING...
TAC
LE COMTE SERA-T-IL SURPRIS EN ME VOYANT DANS UNE TENUE AUSSI SOBRE ?
SCRITCH
TAP

ARIA ! POURQUOI PORTES-TU DES VÊTEMENTS AUSSI MISÉRABLES ?!
PUISQUE VOUS AVEZ GAGNÉ TANT D'ARGENT GRÂCE À MOI, VOUS VOUS INQUIÉTEREZ SANS DOUTE DE ME VOIR PORTER CES GUENILLES.
SNIF SNIF
J'AI ÉTÉ MALADROITE, PÈRE...
ARIA !
OUIIIN...
C'EST UN BON PLAN, JE VAIS PARTIR SUR ÇA.
HÉ HÉ
TRÈS AIMABLE
HA HA...
N-NOS VÊTEMENTS SONT FORT MODESTES MAIS...
JE VOUS LAISSE REGARDER.

DES VÊTEMENTS MODESTES...?
L'ANNÉE DERNIÈRE ENCORE, JEÛNER PLUSIEURS MOIS NE M'AURAIT PAS PERMIS D'ÉCONOMISER ASSEZ POUR ACHETER L'UNE DE CES ROBES.
HWIK
HWIK
HWIK
VOYONS VOIR...
CELLE-CI, CELLE-CI, ET CELLE-CI...
CELLE-CI AUSSI.
EUH...
NOUS AVONS DES ROBES PLUS ÉLÉGANTES À L'ÉTAGE...
SUPER CHARGÉ
CE NE SERA PAS NÉCES-SAIRE.
EMBALLEZ-MOI TOUT CELA. AH, AJOUTEZ CELLE-CI AUSSI.

J-JE M'EN OCCUPE TOUT DE SUITE ! VOUS POUVEZ GRIGNOTER EN ATTENDANT.
QUAND A-T-IL APPORTÉ CES BISCUITS ?
VOUS N'ÊTES PAS OBLIGÉE DE LES MANGER, MADEMOISELLE. ILS SONT UN PEU...
VOOSH
PAR LE PASSÉ, J'AURAIS TOUT FAIT POUR Y AVOIR DROIT.
JE N'ARRIVAIS PAS À IMAGINER CE QUE SIGNIFIAIT MANGER À SA FAIM.
TIENS...?

V-VOICI VOS TENUES EMBALLÉES !
BABOUM
MERCI D'AVOIR PATIENTÉ !
BABOUM
TAP
TAP
TAP
TAP
DILING
OUAIIS !
HA HA HA

JOURNAUX À LOUER ! 5 SHILLINGS LES 10 MINUTES !
TENEZ-VOUS AU COURANT POUR JUSTE 5 SHILLINGS !
HANS !
WOAH !
TU VENDS DES JOURNAUX, HANS ?
NON, JE LES LOUE !
C'EST MOINS CHER QUE DE LES ACHETER.
UNE SEULE PAGE DU JOURNAL PEUT ME FAIRE GAGNER MA JOURNÉE !
C'EST TROP FATIGANT...
TROP BIEN ! MOI AUSSI, JE VEUX LOUER DES JOURNAUX !
DES SOUS !
HA HA ! DANS CE CAS, NOUS DEVIENDRONS CONCURRENTS, ARIA !
EN VÉRITÉ, JE NE GAGNE PAS GRAND-CHOSE.
HA HA !

BLABLA
BLABLA
C'EST PAS LE GAMIN QUI LOUE DES JOURNAUX ?
OH LÀ LÀ... IL S'EST FAIT RENVERSER PAR UNE CALÈCHE...
BLABLA
IL PARAÎT QU'IL EN EST MORT, LE PAUVRE HANS...
JESSIE.
DIS À CE GARÇON QUE JE LUI PAIERAI UN MOIS DE SALAIRE S'IL ME VEND SON JOURNAL.
TOUT JUSTE 5 SHILLINGS !
ET À CHAQUE NOUVELLE ÉDITION, ACHÈTE-LE-LUI POUR MOI.
PARDON ?
EUH... BIEN SÛR, MADEMOISELLE ARIA...

LE JOURNAL DES NOBLES NE RASSEMBLE QUE DES NOUVELLES BASIQUES.
MAIS CELUI DES ROTURIERS CONTIENT LES DERNIÈRES RUMEURS...
FLAP
OÙ SONT PASSÉS TOUS LES GENS DISPARUS ?
DANS LEUR INTÉGRALITÉ.
L'AFFAIRE DU TRAFIC D'ESCLAVES AU SEIN DU CASINO A ÉTÉ DÉVOILÉE PAR LE PRINCE HÉRITIER.
L'ESCLAVAGE N'EXISTE QUE PARCE QUE LES GENS VEULENT DU BÉTAIL CAPABLE DE COMPRENDRE LEUR LANGUE...

ET LES MAÎTRES DÉCIDENT DE LA VIE ET DE LA MORT DE LEUR PROPRIÉTÉ.
COMPARÉS À EUX, CAÏN ET MIELLE SONT BIEN CIVILISÉS. ILS SONT PASSÉS PAR LA JUSTICE POUR ME FAIRE EXÉCUTER.
...
CIVILISÉS ? PFF... ILS ONT SIMPLEMENT BIEN POLI LEUR IMAGE, COMME TOUS LES NOBLES.
ET COMME JE M'APPRÊTE MOI AUSSI À FAIRE...
JE NE SAVAIS PAS GRAND-CHOSE DE CE TRAFIC D'ESCLAVES CLANDESTIN, À L'ÉPOQUE.
JE ME SOUVIENS JUSTE QUE TOUT LE MONDE DISAIT QUE LE PRINCE HÉRITIER AVAIT RÉSOLU LE PROBLÈME.
SÉDUISANT
LE PRINCE HÉRITIER... TIENS, TIENS...

TACLAP
...
FLAP
FAIRE DU PRINCE HÉRITIER MON ALLIÉ EST SANS DOUTE IMPOSSIBLE...
SCRIII
JE NE L'AI JAMAIS CROISÉ, MÊME QUAND JE FAISAIS NOMBRE DE SORTIES MONDAINES. NOUS VENONS DE MONDES TROP DIFFÉRENTS.
SATANÉ SYSTÈME DE CLASSES.
BLING
BÂILLE
BIENVENUE...
OH...

SE SOUVIENT-IL DE MOI ? JE VENAIS SOUVENT LUI ACHETER DE PETITES CHOSES.
JE SUIS VENUE CHERCHER MON SABLIER.
TA
DAAM
PAS MAL DU TOUT. CE VIEILLARD EST VRAIMENT DOUÉ.
HUM...
BRR
IMPRESSIONNANT TRAVAIL. J'EN SUIS TRÈS SATISFAITE.
CE SABLIER ÉTAIT EN MILLE MORCEAUX, MAIS VOUS AVEZ PU LE RÉPARER.
M-MERCI.
JESSIE.
OUI, MADE-MOISELLE.

ARGH !
M-MAIS... C'EST LE DOUBLE DU PRIX...
MERCI !
HUM...
CONTRAIREMENT À LA BOUTIQUE DE VÊTEMENTS, JE SUIS SOUVENT VENUE ICI. JE ME SENS NOSTALGIQUE.
PEUT-ÊTRE DEVRAIS-JE FAIRE UN PETIT TOUR ?
TAP
TAP
TAP
JE VAIS PASSER D'UNE ARIA FRIVOLE À UNE ARIA ININTÉRESSANTE...
UNE DEMOISELLE QUI NE CONNAÎT RIEN DE LA NOBLESSE MAIS ESSAIE D'APPRENDRE.
ELLE N'A RIEN DE CELLE DÉPEINTE PAR CES RUMEURS.
ELLE SEMBLE CONNAÎTRE SA PLACE.
JE DOIS CONTINUER À AMÉLIORER MON IMAGE POUR QU'ILS BAISSENT LEUR GARDE...
SWIFF
HÉ HÉ
SWOOSH

HEIN ?!
BABOUM
IL NE ME REGARDE PAS, ET POURTANT...
BABOUM
BABOUM
JE ME SENS EN DANGER !
BRR
BRR
BABOUM
BABOUM
HWIK
SWIFT
MADEMOISELLE... D-DEVRIONS-NOUS RENTRER, MAINTE-NANT ?
EUH...
OUI, BONNE IDÉE. J'AI FINI CE QUE J'AVAIS À FAIRE.
HWIK
TAP
TAP
FIOU... JE NE SAIS PAS POURQUOI J'ÉTAIS SI EFFRAYÉE !

MA VIE A PRIS UN NOUVEAU DÉPART ET JE NE COMPTE PAS ME METTRE EN DANGER INUTILEMENT.
TAP
TAP
...
RENTREZ BIEN, MADEMOISELLE...
EUH
EUH
JE COMPTAIS PARTIR RAPIDEMENT POUR ÉVITER CES GENS SUSPECTS...
POURTANT, ÉTAIT-CE PAR NOSTALGIE...
OU POUR REMERCIER UNE DERNIÈRE FOIS CET HOMME QUI AVAIT SI BIEN RÉPARÉ MON SABLIER...
QUE J'AI PARLÉ SANS MÊME M'EN RENDRE COMPTE ?
VOUS FERIEZ MIEUX DE VENDRE CE TICKET D'ENTRÉE AUX ENCHÈRES.

PARDON...?
VOUS NE POURREZ PAS L'UTILISER.
UN TICKET D'ENTRÉE POUR DES ENCHÈRES ORGANISÉES AU CASINO.
BEAUCOUP DE GENS VONT LÀ-BAS POUR JOUER ET PARTICIPER AUX ENCHÈRES D'OBJETS RARES...
MAIS CE VIEIL HOMME IGNORE QUE LE PRINCE HÉRITIER VA TOUT FAIRE FERMER. IL S'EST SANS DOUTE ENDETTÉ POUR OBTENIR CE TICKET.
ET IL NE POURRA PAS REMBOURSER SES DETTES...
Q-QUE VOULEZ-VOUS DIRE...?
À VOUS DE VOIR.
JE VOUS AURAI PRÉVENU.
AAH...
BON, IL NE PRENDRA SANS DOUTE PAS AU SÉRIEUX LES PROPOS D'UNE GAMINE.
HWIK
JE NE SAIS PAS POURQUOI J'AI...
SHLAAAC
ARGH !
HWIK
TAP
POURQUOI ?
?!

POURQUOI AS-TU DIT ÇA ?
POURQUOI AS-TU DIT ÇA À CE VIEUX ?
SON REGARD PERÇANT...
ME DIT QUELQUE CHOSE.
SI TU CONTINUES À M'IGNORER...
JE N'AURAI D'AUTRES CHOIX QUE D'EMPLOYER LA MANIÈRE FORTE.

QU'EST-CE QUE...
QUI EST CET HOMME ?!
D'OÙ SORT-IL AUSSI SOUDAINEMENT ?!
GWAAK
HEIN ?

AARGH
IL M'A PRIS PAR SURPRISE EN M'EMPOIGNANT LA MAIN, MAIS...
IL A BEAU ÊTRE GRAND, CE N'EST QU'UN ADOLESCENT !
UNE SECONDE...
IL N'A SANS DOUTE MÊME PAS 20 ANS...
HUM
ELLE A EN VÉRITÉ 24 ANS.
POUR QUELQU'UN QUI MAÎTRISE L'ÉPÉE, SA PEAU EST BIEN DOUCE...
ET IL MANQUE D'ÉDUCATION POUR OSER ME TUTOYER SANS ME CONNAÎTRE.
SI JE RASSEMBLE CES INFORMATIONS, JE PEUX EN CONCLURE...

JE VAIS PARTIR POUR LA CAPITALE ET DEVENIR RICHE !
POURQUOI Y A-T-IL TANT DE MONDE ICI ?!
?
CAPITALE, ME VOILÀ !
ARGH !
ARGH !
QU'IL S'AGIT SANS DOUTE D'UN PAUVRE NOBLE DE PROVINCE QUI NE CONNAÎT RIEN À LA VIE, VENU CHERCHER LA RICHESSE À LA CAPITALE !
IL DOIT SE DEMANDER POURQUOI IL NE DEVRAIT PAS UTILISER LE TICKET D'ENTRÉE QU'IL A PAYÉ EXCESSIVEMENT CHER.
HUM
C'EST SÛREMENT POUR ÇA QU'IL A RÉAGI AINSI À MES PROPOS.
SWIFF
TU SEMBLES BIEN CALME...
TU AS L'AIR...
BIEN PLUS FORT QUE MES GARDES.
TU PENSES VRAIMENT QU'UNE FAIBLE JEUNE FILLE COMME MOI S'ENFUIRAIT SI TU LUI LÂCHAIS LE POIGNET ?
TU SERRES UN PETIT PEU TROP FORT, LÀ.

SI TU VEUX QUE JE TE RÉPONDE, LÂCHE-MOI.
QUOI...?
TU ME FAIS MAL. COMMENT FERAS-TU SI J'AI LE POIGNET CASSÉ ?
BRR
...
HWIK
VOILÀ. MAINTENANT, RÉPONDS.
SWING
ARGH
J'AI ENTENDU DES RUMEURS DISANT QUE LE CASINO ALLAIT BIENTÔT FERMER.
SWIFF
SWIFF

QUOI ?
LE VICOMTE LUPRE A PERDU BEAUCOUP D'ARGENT DANS DES INVESTISSEMENTS IRRÉFLÉCHIS.
ALORS IL SE DIT QU'IL VA VENDRE LE CASINO ET S'ENFUIR.
SATISFAIT ? SUR CE, JE...
ATTENDS.
SHHH
SI TU ME MENS, JE M'OCCUPERAI DE TON CAS.
PFF
CE SONT DES RUMEURS. COMMENT COMPTES-TU LES VÉRIFIER ?

...
TU N'AS PAS TORT.
TACLAP
TACLAP
LE BLASON SUR LA CALÈCHE... C'EST CELUI DE LA MAISON ROSCENT ?
J'AI REMARQUÉ QU'ELLE PORTAIT UNE BROCHE AVEC LA ROSE DE LA MAISON FREDERICK.
HUM...
IL S'AGIT SANS DOUTE DE MADEMOISELLE MIELLE.
IL SE MURMURE QUE DES ACCORDS DE MARIAGE SE DISCUTENT ENTRE LES DEUX FAMILLES.
LE COMTE ROSCENT A ADOPTÉ UNE AUTRE FILLE APRÈS S'ÊTRE REMARIÉ, MAIS LES RUMEURS DISENT QUE C'EST UNE BONNE À RIEN, DONC CE N'EST PROBABLEMENT PAS ELLE.
MADE-MOISELLE MIELLE...

UN PRÉNOM QUI SE VEUT DOUX ET SUCRÉ.
CELA...
NE LUI SIED PAS DU TOUT.
CETTE FILLE M'EST FAMILIÈRE. L'AURAIS-JE DÉJÀ RENCONTRÉE ?
ARGH
VOUS CROYEZ VRAIMENT CE QU'ELLE A DIT ? ELLE NE FAISAIT PEUT-ÊTRE QUE PLAISANTER...
DE PLUS, NOUS MANQUONS ENCORE D'INFORMATIONS. NOS PLANS SONT LOIN D'ÊTRE ARRÊTÉS.
VOULEZ-VOUS LA FAIRE SUIVRE ?
NON. NOUS CONNAISSONS SON NOM, C'EST SUFFISANT.
PAS BESOIN D'EN SAVOIR PLUS.
CONCENTRONS-NOUS PLUTÔT SUR LE CASINO.
PEU IMPORTE, NOUS NE POUVONS PAS LAISSER LE VICOMTE LUPRE S'ÉCHAPPER POUR CHERCHER DE L'AIDE À L'ÉTRANGER.
MÊME SI NOUS CHANGEONS LÉGÈREMENT NOS PLANS, CE N'EST PAS GRAVE.

HUM...
IL N'Y A POUR L'INSTANT AUCUN ENDROIT OÙ LES AFFAIRES SONT AUSSI BONNES QU'AU CASINO...
SWIISH
C'EST LA PREMIÈRE FOIS QUE J'ENTENDS QUELQU'UN DIRE QU'IL VA FERMER SES PORTES.
HA HA !
TECHNIQUEMENT, C'EST NOUS QUI ALLONS NOUS EN CHARGER.
DU COUP, QUAND VOULEZ-VOUS PASSER À L'ACTE ?
AUJOUR-D'HUI.
AUJOURD'HUI ? C'EST UN PEU...
TCHING
NOUS AVONS UNE HEURE POUR BOUCLER LES PRÉPARATIFS ET AGIR.
AAH...
TRÈS BIEN. JE M'EN OCCUPE IMMÉDIATEMENT.
...
SWIFF

VOUS VOILÀ REVENUE, MADEMOISELLE ARIA.
OUI, JE SUIS RENTRÉE.
JE N'ÉTAIS PAS SORTIE DEPUIS LONGTEMPS, ET QUELQUE CHOSE D'AFFREUX M'EST ARRIVÉ…
HA HA…
ON VA SE FAIRE VIRER ?
SANS DOUTE, OUI…
DES GARDES QUI N'ONT NI LES COMPÉTENCES, NI MÊME L'ENVIE DE PROTÉGER LEUR MAÎTRESSE.
…
GNH…
DE SACRÉS BONS À RIEN !
GRRR

J'AI TERRIBLEMENT ENVIE DE DEMANDER À MÈRE DE LES RENVOYER SANS LETTRE DE RECOMMANDATION...
PLOF
APRÈS TOUT CE TEMPS, J'AVAIS OUBLIÉ À QUEL POINT LES GENS DU PEUPLE POUVAIENT ÊTRE RUSTRES.
MAIS JE SAIS QUE JE PEUX AUSSI UTILISER CET INCIDENT...
GLOU
EUH
EUH
GLOU
À MON AVANTAGE.
JE L'AI ÉCHAPPÉ BELLE, N'EST-CE PAS ?

TCHING
O-OUI !
IMBÉCILE...
POF
POF
BLABLA
ELLE VEUT DIRE QU'ON A PAS FAIT NOTRE BOULOT...
BLABLA
AH...
WOUUUSH
VOUS AVEZ L'AIR PLUS MAL EN POINT QUE MA PAUVRE MAIN...
ELLE ME FAIT DRÔLEMENT MAL, D'AILLEURS...
HWIK
HWIK
...
ARGH...
VOTRE ADVERSAIRE ÉTAIT PLUS FORT QUE VOUS. VOUS N'AURIEZ RIEN PU FAIRE, N'EST-CE PAS ?
TCHING
ENFIN BREF...
CETTE EAU EST UN PEU TIÈDE.

...
AAH...
SI SEULEMENT QUELQU'UN POUVAIT...
ALLER ME CHERCHER DE L'EAU BIEN FRAÎCHE.
SWISH
!!
VOOOSH
J'Y VAIS TOUT DE SUITE !
NON, MOI D'ABORD !
HA HA HA HA !
HA HA
HA HA
JESSIE, POURRAIS-TU SORTIR UN INSTANT ?
HA HA
REGARDE-LES COURIR !
OUI, MADE-MOISELLE...
JE VAIS VOUS CHERCHER UNE COLLATION...
HA HA
HA HA
HA HA
HA HA
HA HA
HA HA
AH...
...

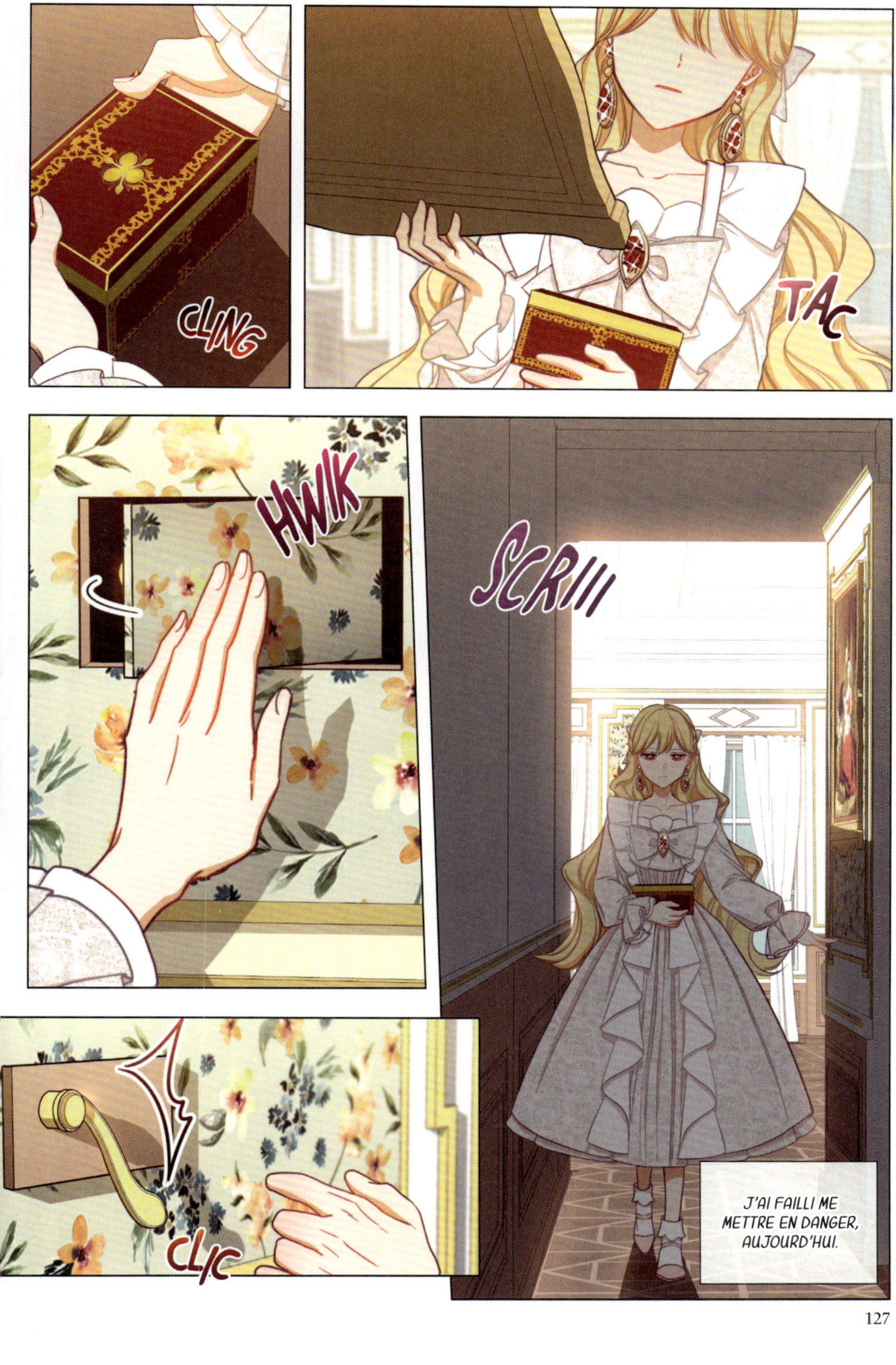
CLING
TAC
HWIK
SCRIII
CLIC
J'AI FAILLI ME METTRE EN DANGER, AUJOURD'HUI.

JE DEVRAIS VITE RENDRE CETTE ROBE À MIELLE.
TAP
TAP
NOUS AVONS LA MÊME TAILLE, LA MÊME COULEUR DE CHEVEUX ET D'YEUX...
ALORS CET HOMME VA SANS DOUTE ME PRENDRE POUR ELLE...
CLING
ET SI JE RACONTE À MIELLE QUE J'AI ÉTÉ COMPLIMENTÉE EN PORTANT SA ROBE, ELLE LA METTRA PLUS SOUVENT POUR QU'ON SACHE QU'ELLE LUI APPARTIENT.
ÇA TOMBE BIEN POUR MOI.
PERSONNE N'IMAGINERA UN INSTANT QUE C'ÉTAIT MOI EN VILLE, AUJOURD'HUI.
CLAC
TAP
TAP
TAP
TAP
J'AI FAILLI MOURIR DE SOIF !
SWISH
J'ESPÈRE QUE VOUS CONTINUEREZ À BIEN TRAVAILLER.
JE SAIS QUEL AVENIR M'ATTEND SI JE COMMETS LA MOINDRE ERREUR, JE DOIS ÊTRE PRUDENTE.

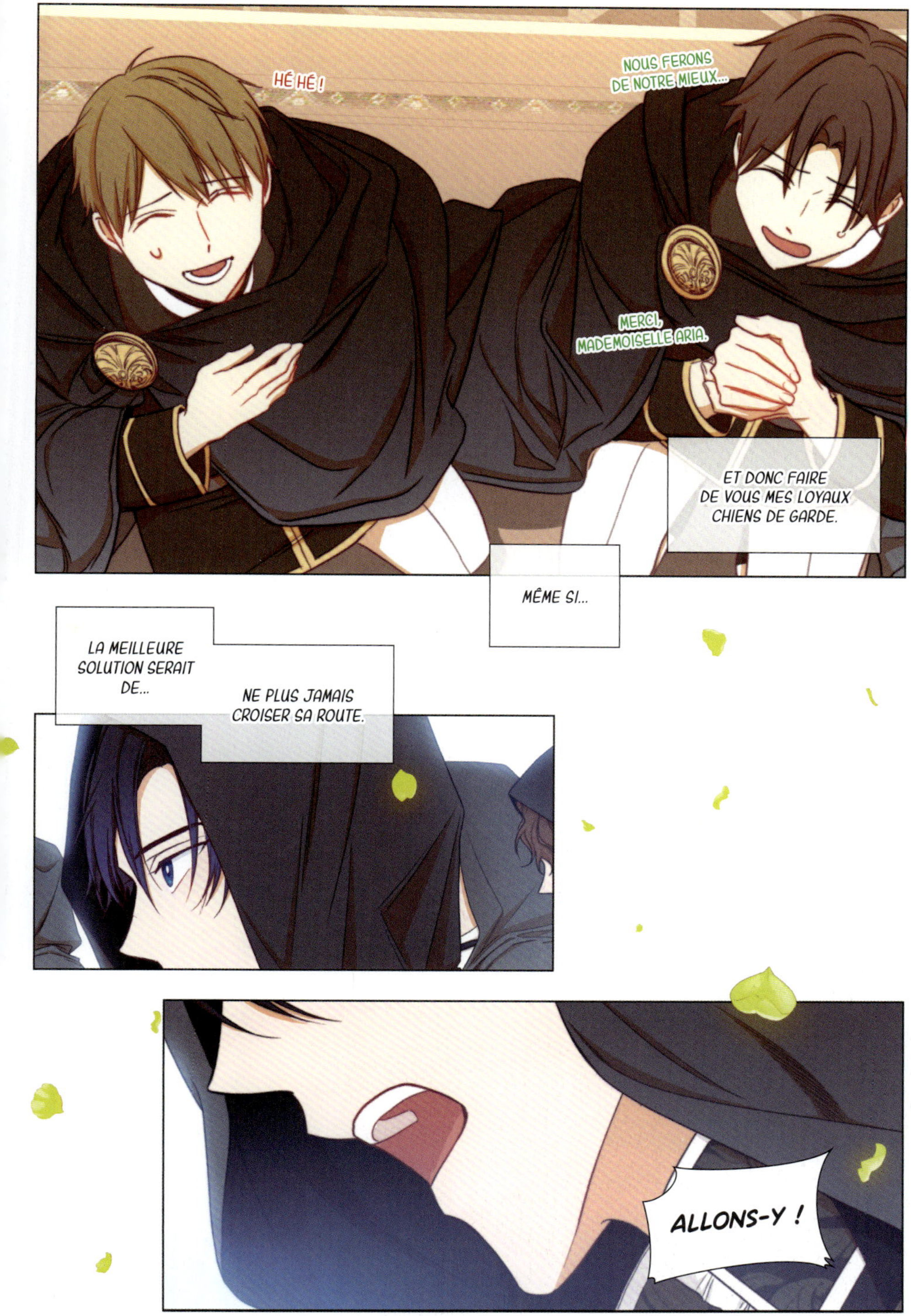
HÉ HÉ !
NOUS FERONS DE NOTRE MIEUX...
MERCI, MADEMOISELLE ARIA.
ET DONC FAIRE DE VOUS MES LOYAUX CHIENS DE GARDE.
MÊME SI...
LA MEILLEURE SOLUTION SERAIT DE...
NE PLUS JAMAIS CROISER SA ROUTE.
ALLONS-Y !

BIEN !

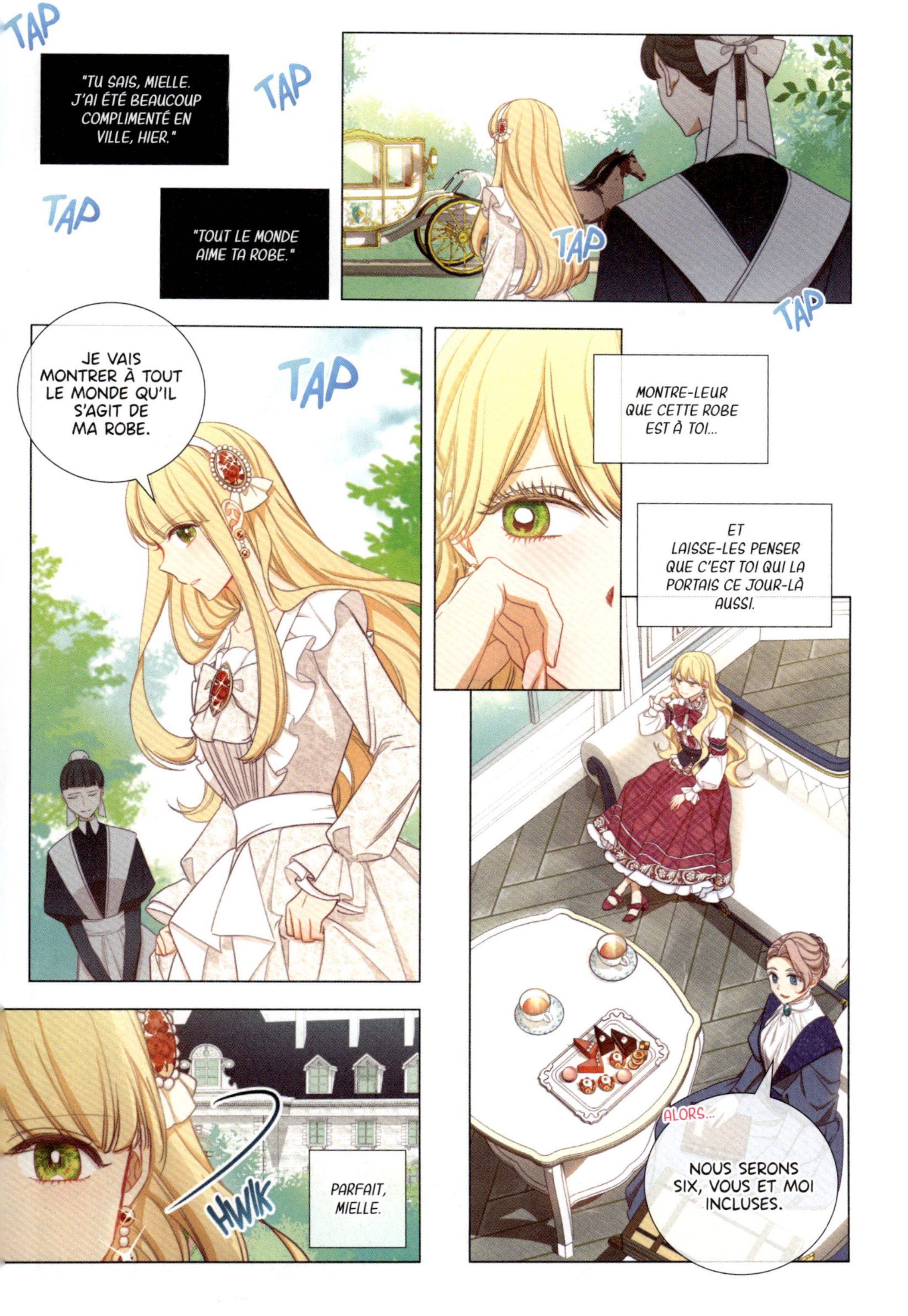
TAP
"TU SAIS, MIELLE. J'AI ÉTÉ BEAUCOUP COMPLIMENTÉ EN VILLE, HIER."
TAP
TAP
"TOUT LE MONDE AIME TA ROBE."
TAP
TAP
JE VAIS MONTRER À TOUT LE MONDE QU'IL S'AGIT DE MA ROBE.
TAP
MONTRE-LEUR QUE CETTE ROBE EST À TOI...
ET LAISSE-LES PENSER QUE C'EST TOI QUI LA PORTAIS CE JOUR-LÀ AUSSI.
HWIK
PARFAIT, MIELLE.
ALORS...
NOUS SERONS SIX, VOUS ET MOI INCLUSES.

C'EST POURQUOI...
JE PENSE QUE DES MOUCHOIRS BRODÉS FERAIENT DE BONS CADEAUX.
DES CADEAUX ?
OH NON, MINCE ! VOUS M'AVEZ POURTANT DIT QUE VOUS N'AVIEZ JAMAIS ÉTÉ À UN THÉ !
CE N'EST RIEN.
LORSQUE DE JEUNES DEMOISELLES SE RETROUVENT, ELLES S'OFFRENT SOUVENT DES CADEAUX FAITS-MAIN AFIN DE RENFORCER LEUR AMITIÉ.
PUISQUE VOUS AVEZ UN VÉRITABLE DON POUR LA BRODERIE, VOUS DEVRIEZ PRÉPARER DES MOUCHOIRS ET...
JE M'EN SOUVIENS MAINTENANT.
J'AVAIS APPRIS QUE CETTE TRADITION EXISTAIT AUSSI AU SEIN DES FAMILLES ET EN AVAIS PARLÉ À MÈRE. ELLE AVAIT RICANÉ.
POURQUOI FERAIS-JE ÇA ALORS QUE JE SUIS DÉJÀ COMTESSE ?
C'EST JUSTE QUELQUE CHOSE DONT J'AI ENTENDU PARLER...
SI JE FAISAIS CE GENRE DE CHOSE AVEC MIELLE...
TA BRODERIE EST TRÈS JOLIE, MIELLE.
AMBIANCE
ÇA REPRÉSENTE MA TENDRESSE POUR TOI, ARIA.
HA HA
CHALEUREUSE

CELA RESSEMBLERAIT PLUTÔT À ÇA.
VRRRRR
SOIS GENTILLE ET MEURS RAPIDEMENT.
ÇA REPRÉSENTE MA TENDRESSE POUR TOI, ARIA.
LE MOTIF N'EST PAS TERRIBLE NON PLUS.
TA BRODERIE EST TRÈS JOLIE, MIELLE.
OU, EN TOUT CAS, LES FILS QUE TU AS UTILISÉS LE SONT.
VRRRRR
HUM...
NE SERAIT-IL PAS PRÉFÉRABLE D'OFFRIR DE BEAUX BIJOUX ?
JE N'EN SAIS RIEN, ALORS AUTANT SUIVRE LES CONSEILS DE MADE-MOISELLE SARAH...
GNH...
HOP LÀ !
J'AI CRÉÉ CE MOTIF REPRÉSENTANT LE BLASON DE L'EMPIRE.
EST-CE QUE CETTE IDÉE VOUS CONVIENT ?
BIEN SÛR !
PUISQUE JE ME REMETS À BRODER AINSI...
JE DEVRAIS EN PROFITER POUR PROVOQUER UN PETIT PEU MIELLE, NON ?
TADAM
BLING
BLING
JE SAIS QUE TU M'AVAIS DIT NE PAS EN AVOIR BESOIN...
MAIS JE TENAIS VRAIMENT À T'OFFRIR UN MOU-CHOIR BRODÉ, MIELLE.
J'ESPÈRE QUE CELA RENFORCERA NOTRE AMOUR FRATERNEL.
J'AI ENTENDU DIRE QU'IL ÉTAIT FRÉQUENT POUR LES DEMOISELLES DE S'OFFRIR DES CADEAUX !
EUH... OUI... MERCI...

OH, IL PARAÎT QUE TU APPRENDS À BRODER, CES DERNIERS TEMPS. TU POURRAIS PEUT-ÊTRE ME MONTRER ?
N-NON !
SCRITCH
J-JE N'AI PAS LE TEMPS EN CE MOMENT !
BON, UNE PROCHAINE FOIS ALORS ?
CLAC !
BYE BYE !
MIELLE...
CE SERAIT BIEN SI TU POUVAIS RESTER AUSSI BÊTE JUSQU'À TA MORT...
MAIS JE SAIS QUE TU VAS DEVENIR PLUS INTELLIGENTE AVEC L'ÂGE.

COMMENT AI-JE PU ME LAISSER PIÉGER À L'ÉPOQUE ET BALANCER CETTE CARAFE D'EAU ?
C'EST À PARTIR DE LÀ QUE MA VIE A COMMENCÉ À SOMBRER.
...
CERTES, J'AI EU TORT DE JETER CET OBJET...
MAIS C'EST MIELLE QUI M'Y A POUSSÉE.
FIOU
C'EST TERMINÉ, MADEMOISELLE ARIA.
JE DOIS JUSTE FAIRE ATTENTION À NE PAS RETOMBER DANS MES TRAVERS. C'EST TOUT.

IL EST TEMPS DE PRÉPARER MON AVENIR ET DE RENCONTRER CES NOBLES DEMOISELLES.
JE VAIS EN PROFITER POUR PROMENER MES NOUVEAUX CHIENS DE GARDE.
C'EST PARTI !
EUH
BIEN LE BONJOUR, MADEMOISELLE ARIA.
EUH
EUH
POURQUOI EST-IL SI NERVEUX ?
TCHING
JE SUIS RAVIE QUE LE SOLEIL SOIT LÀ. C'EST EN EXTÉRIEUR, J'AVAIS PEUR QU'IL PLEUVE !
HÉ HÉ
LALALA....
MÊME LE NOUVEAU GARDE LE REGARDE BIZARREMENT.
AAH...
JE N'Y PEUX RIEN, APRÈS TOUT.
IL FAIT BEAU, DÉPÊCHONS-NOUS D'Y ALLER.
ALLONS-Y, ET AVEC LE SOURIRE. COMPRIS ?

J'EN FAIS UN PEU TROP, LÀ...
NOUS ALLONS VOUS ESCORTER, MADEMOISELLE ARIA.
MERCI !
TACLAP
FIOU
TACLAP
JE NE SAIS PAS POURQUOI, MAIS J'AI UN MAUVAIS PRESSENTIMENT...
IL N'Y A PAS LIEU DE S'INQUIÉTER, N'EST-CE PAS ?
SCRII
TAP
TOUT SE DÉROULE COMME PRÉVU.
TAP
TAP
TAP

TAP
VEUILLEZ M'EXCUSER POUR CE RETARD.
HUFF HUFF
TAP!
JE SUIS ARIA, DE LA MAISON ROSCENT. EUH...
J'AI ÉTÉ UN PEU LONGUE POUR ME PRÉPARER, J'IGNORAIS QUELLE TENUE SERAIT APPROPRIÉE POUR UNE TELLE OCCASION.
JE SUIS NAVRÉE.
HUFF HUFF
PRENEZ BIEN LE TEMPS DE REGARDER MA TENUE TOUTE SIMPLE...
OH...?
SWIISH
MAINTENANT QUE MADEMOISELLE ARIA EST LÀ, NOUS POUVONS COMMENCER.
L'HÉROÏNE FAIT TOUJOURS SON ENTRÉE EN DERNIER, APRÈS TOUT.

BLING
BLING
BLING
OUAH...
MADE-MOISELLE ARIA...
C'EST LA PREMIÈRE FOIS QUE VOUS ÊTES INVITÉE À BOIRE LE THÉ ?
OUI.
OUAH !
TOUS CES BISCUITS ET CES GÂTEAUX SONT SI JOLIS !
SWOOSH
ILS SONT POURTANT BIEN ORDINAIRES...
QUE...

IL Y AVAIT DE L'ALCOOL LORS DE TOUTES LES SORTIES MONDAINES QUE J'AI FAITES DANS MON ANCIENNE VIE. COMMENT FONT-ELLES POUR S'AMUSER SANS ?
HUM
LE GLAÇAGE EST ADORABLE, N'EST-CE PAS ?
PSTT
VOUS AVEZ VU SA ROBE ET LA MANIÈRE DONT ELLE RÉAGIT À CE GOÛTER BANAL ?
ELLE N'A RIEN À VOIR AVEC CELLE QUE DÉPEIGNENT LES RUMEURS...
PST-T
OH ! C'EST DÉLICIEUX !
HÉ HÉ
T-TANT MIEUX...
HA HA
JE NE CONNAIS PAS BEAUCOUP DE BOUTIQUES DE VÊTEMENTS.
LES SEULES QUE JE CONNAIS SONT CELLES QUI ME FAISAIENT ENVIE LORSQUE J'ÉTAIS ENCORE ROTU-RIÈRE.
OH NON, TOUTES VOS ROBES ONT BRÛLÉ...?
OUI. MAIS JE SUIS SOULAGÉE QU'IL NE SOIT RIEN ARRIVÉ DE PIRE.
MAIS À L'ÉPOQUE, JE N'AVAIS PAS LES MOYENS D'Y ENTRER.
JE SUIS LA PLUS HEUREUSE DU MONDE MAINTENANT QUE J'AI LA CHANCE DE POUVOIR ACHETER LES TENUES DE CES BOUTIQUES !
OOH...
JUSTE CIEL...
HA HA
VOUS AURIEZ PU DEMANDER À MADEMOISELLE MIELLE DE VOUS EN RECOMMAN-DER QUELQUES-UNES...

JE NE VOULAIS PAS LA DÉRANGER. C'EST UN PEU GÊNANT MAIS...
SWIISH
MÊME SI JE FAIS PARTIE DE LA NOBLESSE AUJOURD'HUI, MON PASSÉ EST SANS DOUTE UN FARDEAU POUR ELLE...
OH LÀ LÀ...
MADEMOISELLE MIELLE AURAIT DÛ VOUS LE PROPOSER D'ELLE-MÊME.
CETTE ROBE N'EST VRAIMENT PAS...
ALLONS, ALLONS.
AH-!
E-EST-CE QUE J'AI EU L'AIR DE BLÂMER MIELLE ?!
OH NON... CE N'ÉTAIT PAS DU TOUT MON INTENTION...
JE SUIS NAVRÉE. J'ESPÈRE QUE JE N'AI PAS GÂCHÉ L'AMBIANCE.
TOUTE TRISTOUNE
ARGH !
NON, PAS DU TOUT !
J'AVAIS SI HÂTE DE RENCONTRER D'AUTRES DEMOI-SELLES DE MON ÂGE AUJOURD'HUI...
SWIFF
OOH...
CE N'EST PAS GRAND-CHOSE, MAIS J'ESPÈRE QUE VOUS ACCEPTEREZ CES CADEAUX ET QUE NOUS POURRONS DEVENIR AMIES.
MAIS C'EST...
J'ESPÈRE QUE CES MOUCHOIRS BRODÉS VOUS PLAIRONT. C'EST MADEMOISELLE SARAH QUI M'A TOUT APPRIS.
VRAIMENT ?
HÉ HÉ

PARFAIT. APRÈS AVOIR EU LEUR PITIÉ, VOILÀ QUE JE VAIS NATURELLEMENT GAGNER LEUR AMITIÉ.
OUAH...
FOURNIR TOUS CES EFFORTS A ÉTÉ FASTIDIEUX...
MAIS MIELLE A SU SE FAIRE DES ALLIÉES GRÂCE À CES ÉVÉNEMENTS MONDAINS, ET JE N'AI PAS L'INTENTION D'ÊTRE EN RESTE.
QUI ÉTAIT SON PRINCIPAL SOUTIEN, DÉJÀ ?
LE MIEUX SERAIT DE LA RALLIER À MA CAUSE AVANT QU'ELLE NE CHOISISSE DE SOUTENIR MIELLE.
MAIS JE NE ME SOUVIENS PLUS DE SON NOM....
C'EST IMPRESSIONNANT !
JE N'ARRIVE PAS À CROIRE QUE VOUS AVEZ COMMENCÉ LA BRODERIE IL Y A SEULEMENT DEUX SEMAINES !
MADEMOISELLE ARIA APPREND TRÈS VITE !

HA HA
SI CES MOUCHOIRS VOUS PLAISENT, JE PEUX VOUS EN BRODER D'AUTRES POUR LA PROCHAINE FOIS.
VRAIMENT ? ÇA NE VOUS EMBÊTE PAS ?
PAS DU TOUT ! C'EST MON SEUL PASSE-TEMPS. JE SUIS RAVIE DE VOIR QUE VOUS AIMEZ CES MOUCHOIRS.
HÉ HÉ
POUR VOUS REMERCIER, J'AIMERAIS VOUS EMMENER DANS UNE BOUTIQUE DE VÊTEMENTS QUE JE CONNAIS. QU'EN DITES-VOUS ?
BLABLA
NOUS POURRIONS AUSSI NOUS ARRÊTER DANS UNE PÂTISSERIE OÙ J'AI MES HABITUDES !
BLABLA
EUH... MAIS...
LES VÊTEMENTS SONT ABSOLUMENT...
BLABLA
ET LES GÂTEAUX...
BLABLA
N'EST-IL PAS TROP DANGEREUX DE SORTIR...
AVEC TOUT CE QUI SE PASSE EN CE MOMENT ?
VOUS VOULEZ PARLER DE...
L'AFFAIRE DU VICOMTE LUPRE !

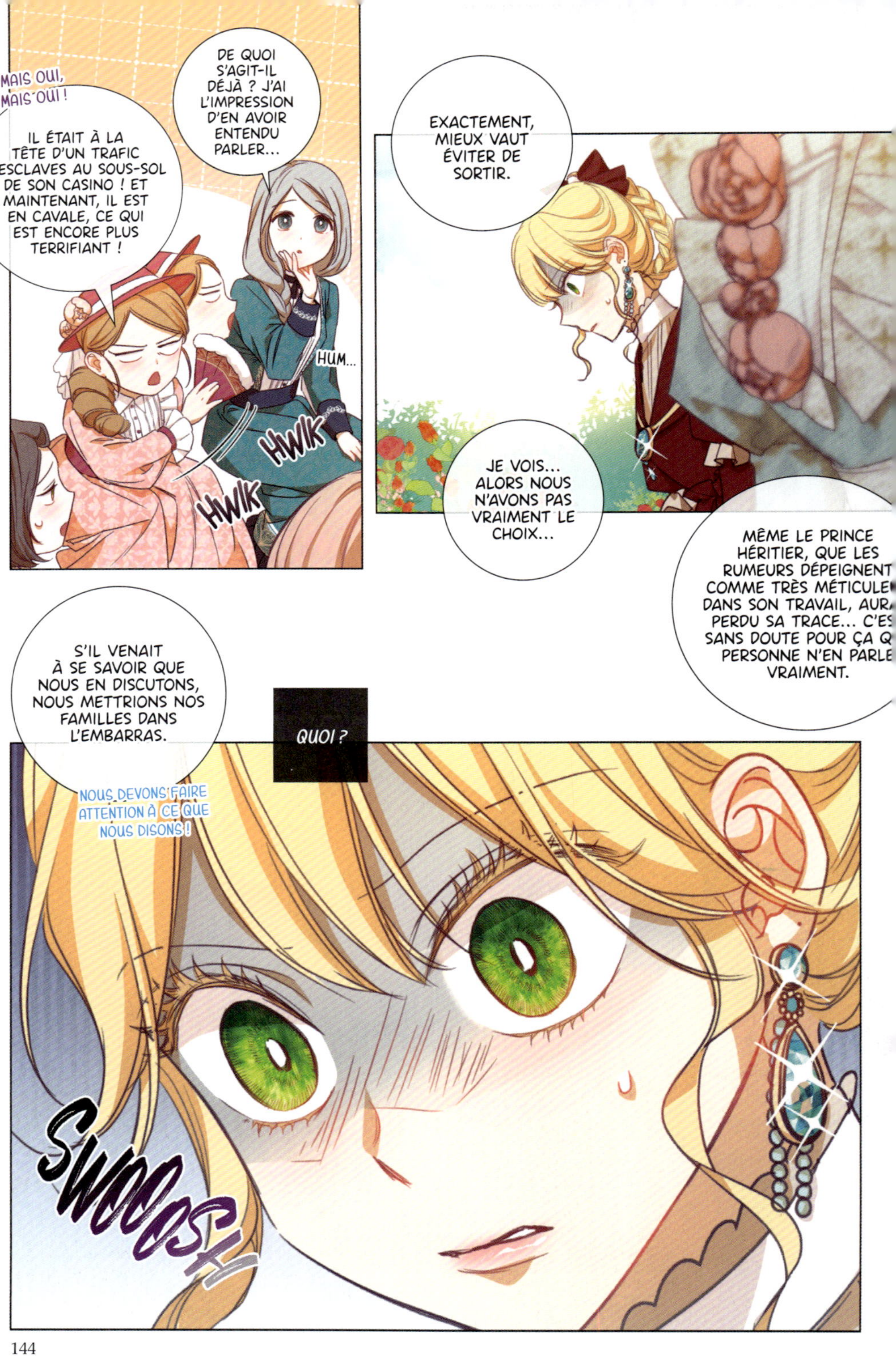
MAIS OUI, MAIS OUI !
IL ÉTAIT À LA TÊTE D'UN TRAFIC D'ESCLAVES AU SOUS-SOL DE SON CASINO ! ET MAINTENANT, IL EST EN CAVALE, CE QUI EST ENCORE PLUS TERRIFIANT !
DE QUOI S'AGIT-IL DÉJÀ ? J'AI L'IMPRESSION D'EN AVOIR ENTENDU PARLER...
HUM...
HWIK
HWIK
EXACTEMENT, MIEUX VAUT ÉVITER DE SORTIR.
JE VOIS... ALORS NOUS N'AVONS PAS VRAIMENT LE CHOIX...
MÊME LE PRINCE HÉRITIER, QUE LES RUMEURS DÉPEIGNENT COMME TRÈS MÉTICULE DANS SON TRAVAIL, AUR PERDU SA TRACE... C'ES SANS DOUTE POUR ÇA Q PERSONNE N'EN PARLE VRAIMENT.
S'IL VENAIT À SE SAVOIR QUE NOUS EN DISCUTONS, NOUS METTRIONS NOS FAMILLES DANS L'EMBARRAS.
NOUS DEVONS FAIRE ATTENTION À CE QUE NOUS DISONS !
QUOI ?
SWOOSH

QUE VIENT-ELLE DE DIRE ?
COMMENT LE VICOMTE LUPRE A-T-IL PU S'ENFUIR ?
SWOOSH
LE PRINCE HÉRITIER A ÉCHOUÉ ? POURQUOI LE PASSÉ A CHANGÉ, TOUT À COUP ?
NON, CE N'EST RIEN. ÇA N'A RIEN À VOIR AVEC MOI...
ÇA N'A RIEN À VOIR AVEC MA VENGEANCE...!
BRR
OH, ARIA... TOUT VA BIEN SE PASSER.
VOUS NE RISQUEZ RIEN, ICI.
GNAP
OUI, TOUT VA BIEN SE PASSER. IL N'Y AURA AUCUN AUTRE PROBLÈME...
MAIS...
C'ÉTAIT UN PLAISIR DE VOUS VOIR.
IL FAUDRA REFAIRE ÇA BIENTÔT.
JE NE PEUX PAS ME CONTENTER D'ATTENDRE QUE LA SITUATION DÉGÉNÈRE.

IL EST TEMPS DE DONNER DU TRAVAIL À MES CHIENS DE GARDE.
SWIFF
JOHN.
SRITCH
J'AI UNE MISSION POUR TOI.
SWOOSH
LÈVE-TOI...
ET ÉCOUTE CE QUE TA MAÎTRESSE A À TE DIRE.

AAAH... JE PEUX VRAIMENT PAS...

SI JE REVIENS SANS INFORMATION...

JE NE SAIS RIEN DE CETTE HISTOIRE.
ALLEZ, ME LAISSE PAS TOMBER.
IL A BEAU ÊTRE JEUNE, LE PRINCE EST INTELLIGENT ET CONSCIENCIEUX...
SWOOF
IL NE PEUT PAS AVOIR RATÉ LE VICOMTE LUPRE SANS RAISON...
ARGH
DÉSOLÉ MAIS JE VAIS COMMENCER MON SERVICE. À BIENTÔT.
ET, JOHN...

TU DEVRAIS TE TENIR À L'ÉCART DES AFFAIRES DE SON ALTESSE.
C'EST JUSTE UN CONSEIL.
TAP
SNIF
TAP
AAH... QUEL BON AMI. IL PREND TOUJOURS BIEN SOIN DE MOI...
MAIS SI JE RENTRE BREDOUILLE, MADEMOISELLE ARIA VA ME FAIRE LA PEAU !
SALE ORDURE...
OUIIIN
PEUT-ÊTRE Y A-T-IL UN INDICE ICI...?
ZYEUTE
ZYEUTE
OH...
TOC TOC
TOC TOC
IL Y A QUELQU'UN ?

SCRIII
QUI EST-CE...?
JE VOUS DONNERAI 50 SHILLINGS SI VOUS ACCEPTEZ DE RÉPONDRE À QUELQUES QUESTIONS.
...
HUM...
CLING
RHA...
NE SOYEZ PAS SUSPICIEUX, JE SUIS DÉJÀ VENU ICI.
J'ÉTAIS AVEC LA DEMOISELLE QUI A FAIT RÉPARER SON SABLIER, VOUS SAVEZ ?
...!
AH OUI !
ENTREZ DONC.
HO HO
GRÂCE À CETTE DEMOISELLE, J'AI REVENDU LE TICKET D'ENTRÉE POUR LES ENCHÈRES ET REMBOURSÉ MON PRÊT.
SCRIII
CLING
CLANG
VRAIMENT ? JE SUIS RAVI DE L'APPRENDRE.
AU FAIT...

ELLE N'EST PAS AVEC VOUS AUJOUR-D'HUI ?
TENEZ.
MERCI.
NON, JE SUIS VENU SEUL.
GLOU
J'AVAIS UNE AFFAIRE PERSONNELLE À RÉ...
GLOU
GLER...
BONG
ZZZ
TAP
TAC
TAP

NIAM
NIAM
SWOOF
VÉRIFIEZ SON IDENTITÉ.
IL S'APPELLE JOHN.
NOUS ÉTIONS DANS LA CHEVALERIE ENSEMBLE, MAIS IL TRAVAILLE COMME GARDE POUR LA MAISON ROSCENT DÉSORMAIS.
LA MAISON ROSCENT...
CETTE FILLE... MIELLE, JE CROIS ?
JE L'AVAIS OUBLIÉE AVEC LA TRAQUE DU VICOMTE LUPRE...
EUH, ET CONCERNANT MA RÉCOMPENSE...?
SWIFT
SWIFT
AH, OUI.

CLING
ENQUÊTEZ SUR LE COMTE ROSCENT...
ET SUR SES LIENS AVEC LE VICOMTE LUPRE.
BIEN.
QUE FAIT-ON DE LUI ?
NIAM
DE LA... VIANDE...
LAISSEZ-LE LÀ.
PLUS IL LAISSERA DE TRACES DERRIÈRE LUI, PLUS IL SERA FACILE À SUIVRE.
SHLAC
NOUS L'AVONS TROUVÉ !
!
ALLONS-Y !
SWOOF

CUI
CUI
CUI
M-MADE-MOISELLE ARIA...
QUE VENEZ-VOUS DE...
QUE TU POUVAIS DISPOSER.
N'APPARAIS DEVANT MOI QUE SI JE TE CONVOQUE.
AH. ET TU DEVRAIS ALLER SURVEILLER MIELLE.

MADE-MOISELLE MIELLE ?
OUI. AS-TU FAIT CE QUE JE T'AI DEMANDÉ ?
BIEN SÛR !
PERSONNE NE M'A POSÉ DE QUESTION SUR VOUS EN VOUS APPELANT PAR VOTRE PRÉNOM.
MAIS SI CELA ARRIVAIT, JE DIRAI JUSTE QUE VOUS ÊTES LA FILLE DE LA MAISON ROSCENT, C'EST TOUT.
T/C
!
PARFAIT. TU PEUX DISPOSER.
MERCI, MADEMOISELLE ARIA !
CLAC
QUEL BON À RIEN !
IL N'A RIEN DÉCOUVERT MÊME EN SE RAPPROCHANT AINSI DU CASINO ?!
IL S'EN EST POURTANT PASSÉ DES CHOSES, LÀ-BAS ! LE VICOMTE LUPRE A ÉTÉ CAPTURÉ DANS UNE TAVERNE DU QUARTIER !
JOHN N'EST TOUJOURS PAS RENTRÉ, J'AI BIEN FAIT DE T'ENVOYER ENQUÊTER AUSSI...
HA HA, MERCI...
J'IGNORE S'IL ME MENT OU SI C'EST UN IMBÉCILE PUR JUS !
QUEL EMPOTÉ !

ENFIN BREF. JE N'AI QU'À LE GARDER DE CÔTÉ POUR LE MOMENT.
SLURP
EN TOUT CAS, LE VICOMTE LUPRE A ÉTÉ ARRÊTÉ.
LE PRÉSENT CONCORDE À NOUVEAU AVEC LE PASSÉ.
JE PEUX PASSER À LA PROCHAINE ÉTAPE DE MON PLAN.
QUE SE PASSE-T-IL ?
MÈRE EST EN TRAIN D'AFFUTER SON ARME, COMME TOUJOURS.
JE N'AI PAS BEAUCOUP DE TEMPS, JE ME PRÉPARE À SORTIR.
BLING
CE N'EST PAS GRAND-CHOSE. JE VOULAIS VOUS DEMANDER DE ME TROUVER DES PRÉCEPTRICES.
BLING

DES PRÉCEPTRICES ? TU REJETAIS L'IDÉE IL Y A ENCORE PEU DE TEMPS...
J'EN VEUX PAS !
OUIIIIIN !
D'ACCORD, TU N'EN AURAS PAS.
MAIS C'EST VRAI QUE TU AS CHANGÉ, DERNIÈREMENT.
HÉ HÉ
OUI.
TU PENSES À QUELQU'UN EN PARTICULIER ?
J'AIMERAIS APPRENDRE LES ARTS, L'HISTOIRE ET LA LITTÉRATURE. JE ME SUIS DONC RENSEIGNÉE SUR CERTAINES PERSONNES...
PERSONNE NE S'INTÉRESSERA À MOI DANS LA HAUTE SOCIÉTÉ PARCE QUE JE SUIS DOUÉE EN BRODERIE.
HUM...
IL EST DONC TEMPS POUR MOI DE DÉVELOPPER MON CARNET D'ADRESSES.
JE NE PENSE PAS QUE CES GENS-LÀ... PUISSENT T'ÊTRE TRÈS UTILES.
TU N'AS PAS L'ŒIL POUR ÇA. D'ABORD MADEMOI-SELLE SARAH, PUIS CES FEMMES...
HÉ HÉ
IL N'Y A QUE DE SIMPLES VICOMTESSES OU DES BARONNES...
CES FEMMES VEULENT MARIER LEURS FILS À DES FILLES DE PLUS HAUT RANG AFIN DE S'ÉLEVER SOCIALEMENT.

OU, PLUS EXACTEMENT...
ELLES ÉTAIENT PRÊTES À ME FAIRE ÉPOUSER LEURS FILS AVANT DE COMPRENDRE QUE JE N'AVAIS PAS LES FAVEURS DU COMTE !
APRÈS ÇA, ELLES ONT TOUTES PRÉFÉRÉ LEUR CHOISIR DES ÉPOUSES PLUS SAGES ET BIEN ÉLEVÉES !
À CETTE PÉRIODE DE MA NOUVELLE VIE, ELLES SONT ENCORE EN TRAIN DE TENTER DE ME PLAIRE POUR NÉGOCIER DES FIANÇAILLES.
C'EST PARFAIT POUR ÉTENDRE MON INFLUENCE.
JE NE PENSE PAS QUE CES DAMES SOIENT PARTICULIÈREMENT SAVANTES...
HUM...
MIELLE ET MOI NE POUVONS PAS AVOIR LES MÊMES PRÉCEPTRICES.
C'EST VRAI QUE VOUS N'AVEZ PAS LE MÊME NIVEAU D'ÉTUDES...
BON, JE VAIS M'EN OCCUPER.
SI CES PRÉCEPTRICES TE CONVIENNENT, JE NE M'Y OPPOSE PAS.
ENVOYEZ DONC UNE LETTRE À CHACUNE D'ENTRE ELLES.

VOUS NE VOULEZ PAS VOUS EMBÊTER AVEC TOUT ÇA, JE LE SAIS.
HÉ HE
MAIS, MÈRE, VOTRE DÉSINVOLTURE M'A TOUJOURS ÉTÉ UTILE.
SWIISH
BONJOUR.
JE SUIS CÉLINE, DE LA MAISON DU VICOMTE WHITE.
BONJOUR, VICOMTESSE WHITE. JE M'EN REMETS À VOS ENSEIGNE-MENTS.
AH... VOUS ÊTES LA MÈRE DE CE GARÇON...

"EN TANT QUE MÈRE, J'AIMERAIS TE MARIER À UNE FILLE DE LA HAUTE NOBLESSE."
PST
HUM ?
DE QUOI ?
C'EST CE QUE MA MÈRE NE CESSE DE ME DIRE. DE ME TROUVER UNE FILLE BIEN.
ALORS T'ÉPOUSER SERAIT IMPOSSIBLE...
QUI A DIT QUE JE VOULAIS T'ÉPOUSER ?
ENSUITE, IL S'EST MARIÉ À UNE DEMOISELLE D'UNE AUTRE FAMILLE.
IL NE VOULAIT MÊME PAS SE MARIER, À LA BASE, MAIS SE PRENAIT BIEN TROP AU SÉRIEUX...
POURQUOI TOUTES LES MÈRES PENSENT DE LA MÊME FAÇON ?

VOILÀ. SI VOUS AVEZ TROIS BISCUITS ET QUE VOUS EN AJOUTEZ UN, VOUS EN AUREZ QUATRE. DONC 3 + 1 = 4.
OH, JE VOIS !
AAH...
ELLE ME PREND CLAIREMENT POUR UNE IMBÉCILE...
UNE SIMPLE LEÇON AVEC VOUS ME SUFFIT POUR COMPRENDRE QUE LES HORRIBLES RUMEURS VOUS CONCERNANT SONT INFONDÉES.
KOF
KOF
VOUS COMMENCEZ VOS ÉTUDES UN PEU TARD, MAIS JE M'EFFORCERAI DE VOUS AIDER AU MIEUX.
FAITES-MOI CONFIANCE.
HI HI ! VOS ENSEIGNEMENTS ME SERONT DES PLUS NÉCESSAIRES, MADAME CÉLINE.
ALLONS, ALLONS, NUL BESOIN DE CE MADAME ENTRE NOUS.
APPELEZ-MOI SIMPLEMENT PAR MON PRÉNOM !
NE SOYEZ PAS SI FORMELLE !
JE N'OSERAIS PAS. VOUS ÊTES MA PRÉCEPTRICE, MADAME CÉLINE.
JE N'AI PAS À ME RAPPROCHER D'ELLE AUTANT QUE DE SARAH. ÊTRE POLIE SUFFIRA AMPLEMENT.
D'AUTANT PLUS QUE...

QUE VOUS APPRENEZ VITE, MADEMOISELLE ARIA !
VOUS ME FLATTEZ, MADAME.
TOUTES CES DAMES...
CE SONT LES COUTUMES FONDAMENTALES DE LA NOBLESSE...
ET VOUS POURRIEZ EN DEVENIR LE SYMBOLE VIVANT, MADEMOISELLE ARIA.
LE SYMBOLE VIVANT ?
J-JE VEUX DIRE QUE LA CULTURE D'UN PEUPLE VIT À TRAVERS SES CONTEMPORAINS.
EN FONT DÉJÀ BIEN TROP POUR ESSAYER D'ENTRER DANS MES BONNES GRÂCES.
DONC CES COUTUMES NOUS ONT ÉTÉ TRANSMISES PAR LA FAMILLE ROYALE...
QUI EST LE SYMBOLE VIVANT DE NOTRE CULTURE.
MAIS LEURS LEÇONS ME SONT DES PLUS UTILES.
JE N'Y CONNAISSAIS RIEN EN HISTOIRE OU EN LITTÉRATURE AVANT.
ELLES PEUVENT BIEN CONTINUER LEURS RONDS DE JAMBES...
DE TOUTE FAÇON, JE NE ME LAISSERAI PAS BERNER PAR LEURS IDIOTS DE FILS QUI NE ME COURTISAIENT QUE POUR MA BEAUTÉ.
JE VOUS SOUHAITE UNE BONNE JOURNÉE.

LE SEUL HOMME QUE JE VEUX, C'EST OSCAR.
SWIISH
JE N'ASPIRE QU'À METTRE DES BÂTONS DANS LES ROUES DE MIELLE.
JE VAIS TOUT FAIRE POUR TE GÂCHER LA VIE ET TE LE VOLER...
PARCE QUE TE VOIR SOUFFRIR ME RAVIT !
SCRITCH
OH, CIEL.
VOUS GARDEZ LE SOURIRE MALGRÉ L'ERREUR QUE VOUS VENEZ DE COMMETTRE. AVEZ-VOUS APPRIS UNE BONNE NOUVELLE ?
J'AI DE NOUVELLES PRÉCEPTRICES, MAINTENANT.
IL SUFFIT DE VOUS VOIR POUR LE COMPRENDRE.
JE NE PENSAIS PAS QUE VOUS LE REMARQUERIEZ.

MADE-MOISELLE SARAH, VOUS M'AVEZ FAIT RÉALISER QU'AP-PRENDRE ÉTAIT AMUSANT.
CE SONT SÛREMENT DE BONNES ENSEI-GNANTES.
ELLES SONT TOUJOURS TRÈS HONNÊTES ET SOURIANTES.
VOICI MON FILS. B-BIEN QUE CE NE SOIT PAS IMPORTANT...
SI CE N'EST PAS IMPORTANT, POUVONS-NOUS CONTINUER LA LEÇON ?
HÉ HÉ
SANS DOUTE PARCE QUE VOUS ÊTES UNE JEUNE FILLE AIMABLE ET SOURIANTE AUSSI, ARIA.
VOUS ÊTES SI GENTILLE, SARAH...
VOUS SEULE POUVEZ CHARMER UN MARQUIS RÉPUTÉ DES PLUS FROIDS.
VOTRE MOUCHOIR BRODÉ N'A ÉTÉ QUE L'OPPORTUNITÉ QUI VOUS A TOUT DEUX RAPPROCHÉS.
MAIS DE TOUTES MES ENSEIGNANTES...
C'EST VOUS QUE J'AIME LE PLUS, MADEMOISELLE SARAH.

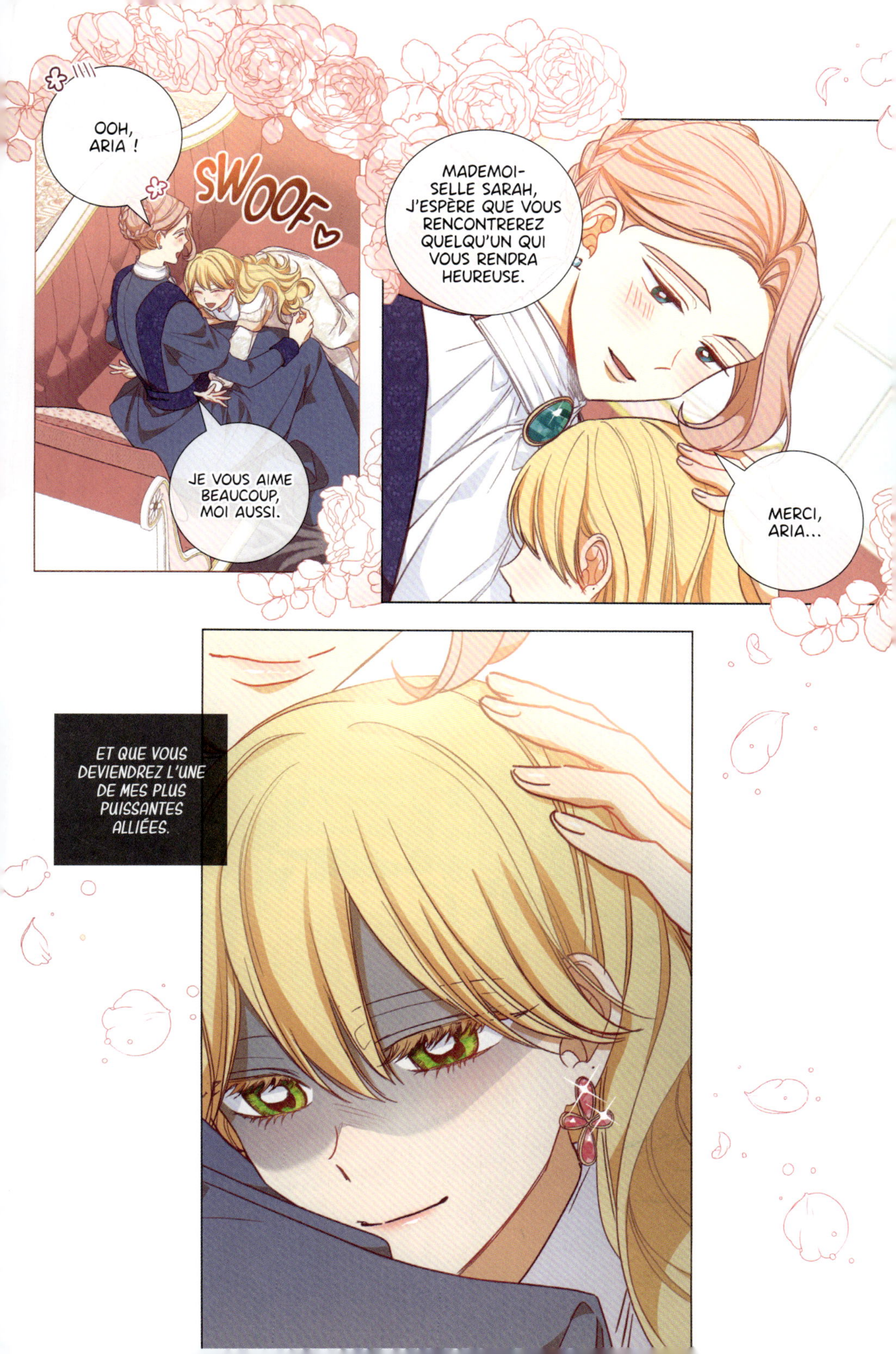
OOH, ARIA !
SWOOF
JE VOUS AIME BEAUCOUP, MOI AUSSI.
MADEMOISELLE SARAH, J'ESPÈRE QUE VOUS RENCONTREREZ QUELQU'UN QUI VOUS RENDRA HEUREUSE.
MERCI, ARIA...
ET QUE VOUS DEVIENDREZ L'UNE DE MES PLUS PUISSANTES ALLIÉES.

VOUS ÊTES VRAIMENT MA PRÉFÉRÉE ENTRE TOUTES, SARAH.
VOUS QUI ÊTES SI FACILE À MANIPULER...

...
TIP
TIP
SON APPRENTISSAGE DE LA BRODERIE NE SE DÉROULE PAS SI BIEN QUE ÇA ?
OU PEUT-ÊTRE S'INQUIÈTE-T-ELLE DE VOIR TANT DE GENS ME RENDRE VISITE ?
DANS TOUS LES CAS, LA VOIR SI DÉSEMPARÉE...
ME COMBLE DE JOIE.

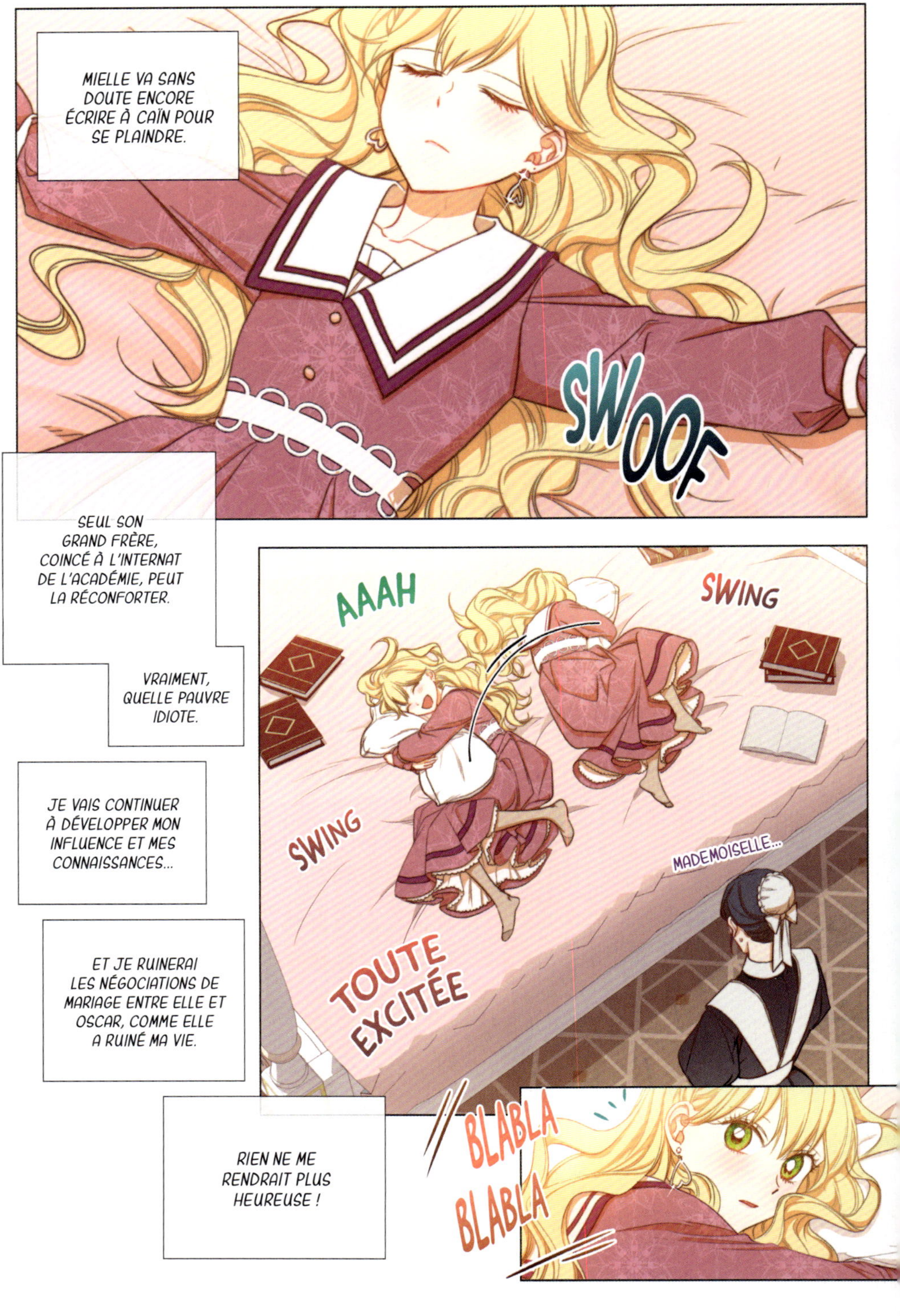
MIELLE VA SANS DOUTE ENCORE ÉCRIRE À CAÏN POUR SE PLAINDRE.
SWOOF
SEUL SON GRAND FRÈRE, COINCÉ À L'INTERNAT DE L'ACADÉMIE, PEUT LA RÉCONFORTER.
VRAIMENT, QUELLE PAUVRE IDIOTE.
AAAH
SWING
SWING
JE VAIS CONTINUER À DÉVELOPPER MON INFLUENCE ET MES CONNAISSANCES...
MADEMOISELLE...
TOUTE EXCITÉE
ET JE RUINERAI LES NÉGOCIATIONS DE MARIAGE ENTRE ELLE ET OSCAR, COMME ELLE A RUINÉ MA VIE.
RIEN NE ME RENDRAIT PLUS HEUREUSE !
BLABLA
BLABLA

IL Y A DU BRUIT DANS LE JARDIN.
QUELQU'UN NOUS REND VISITE ?
HUM...
JESSIE, JE CROIS QUE NOUS ATTENDONS UN INVITÉ. TU VEUX BIEN TE RENSEIGNER ?
BIEN SÛR.
BLABLA
SUPER OCCUPÉS
BLABLA
LE COMTE N'EST PAS DU GENRE À RENTRER SANS PRÉVENIR...
ET C'EST LE WEEK-END, DONC IL NE DOIT PAS S'AGIR D'UNE PRÉCEPTRICE.
SWOOF

DING
DING
DING
DING
DING
QUI CELA PEUT-IL ÊTRE ?
TCHING
HEIN ? JE ME SUIS ENDORMIE ?
GROOOW
J'AI FAIM...
LES NOBLES ONT UN EMPLOI DU TEMPS DES PLUS STRICS, ALORS J'AI TOUJOURS FAIM À CETTE HEURE PRÉCISE.
SILENCIEUX
JESS...
TIENS ?
ELLE N'EST TOUJOURS PAS REVENUE, JE NE DOIS PAS AVOIR DORMI LONGTEMPS.
SCRII
J'AI LA FLEMME DE DESCENDRE...
JE DEVRAIS DEMANDER À AVOIR UNE DOMESTIQUE SUPPLÉMENTAIRE.

TAP
TAP
C'EST...
TAP
ÉTRANGEMENT SILENCIEUX.
OH.
LA PANIQUE DANS LA VOIX DE JESSIE A SUFFI...
MADEMOISELLE ARIA...!
TAP
M-MONSIEUR CAÏN EST RENTRÉ...
POUR QUE JE CONNAISSE L'IDENTITÉ...
ACCOMPAGNÉ DE MONSIEUR OSCAR !

DE NOTRE INVITÉ MYSTÈRE.
OSCAR FREDERICK
SWIISH
NOTRE PREMIÈRE RENCONTRE AURAIT DÛ AVOIR LIEU PLUS TARD !
EST-CE QUE LA LETTRE DE MIELLE A PRÉCIPITÉ LES ÉVÉNEMENTS ?
!
JE VAIS LE RENCONTRER HABILLÉE DE LA SORTE ?!
EUH
HWIK
BRRR

M-MONSIEUR OSCAR !
J'AI FAIT PRÉPARER UN BON REPAS EN APPRENANT QUE VOUS PASSERIEZ.
IL EST VRAI QUE NOUS ARRIVONS EN RETARD POUR LE DÉJEUNER.
HWIK
AH...
MERCI...
PASSONS À LA SALLE À MANGER.
JESSIE, PRÉPARE-MOI UNE TENUE ET COIFFE-MOI.
BIEN, MADEMOISELLE.
TAP
TAP
QU'IMPORTE.
GLOUPS
JE SUIS UN PEU PRISE DE COURT...
MAIS JE SAIS CE QUE JE DOIS FAIRE.
HA HA
HO HO
CLING
CLANG
EXCUSEZ-MOI...
J'AI ATTENDU, MAIS PERSONNE N'EST VENU ME PRÉVENIR, ALORS JE SUIS DESCENDUE DE MOI-MÊME...
SCRITCH
JE NE VOUS DÉRANGE PAS, SI...?
EUH

CLANG
!
CIEL...
SWOOF
MADEMOISELLE MIELLE A DÛ OUBLIER DE VOUS FAIRE APPELER À CAUSE DE MON ARRIVÉE SOUDAINE.
JE VOUS PRIE DE M'EXCUSER.
DÉPÊCHEZ-VOUS D'APPORTER DES COUVERTS POUR MADE-MOISELLE !
TOUT DE SUITE, MONSIEUR !
SWIFF
JE CROIS AVOIR GAGNÉ UNE NOUVELLE OPPORTUNITÉ, EN FAIT.
ENCHANTÉ DE VOUS REN-CONTRER.
JE SUIS OSCAR, DE LA MAISON DU DUC FREDERICK.
ÇA ALORS...
C'EST UN HONNEUR DE VOUS RENCONTRER. JE SUIS ARIA.
SWIISH

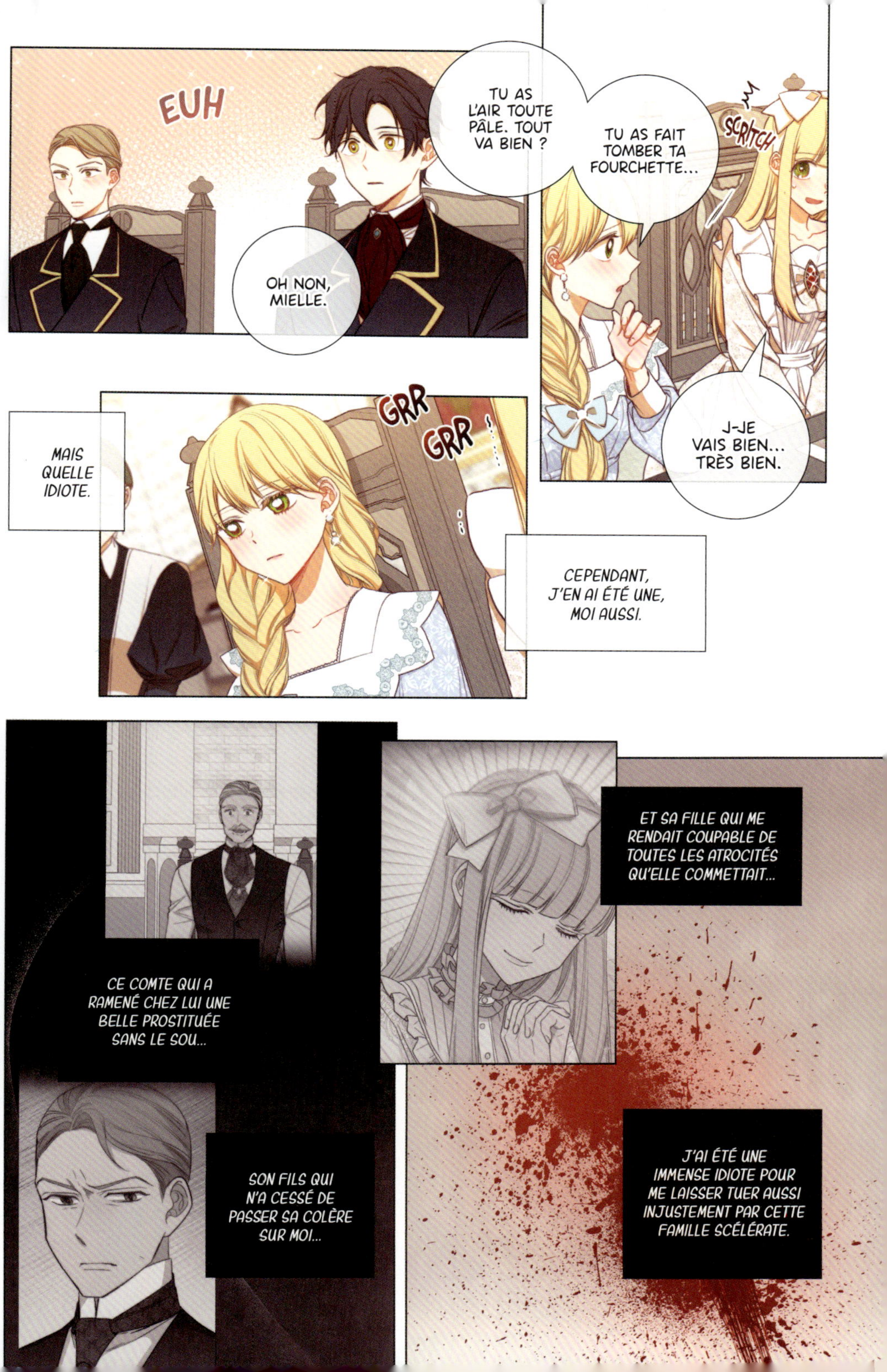
EUH
OH NON, MIELLE.
TU AS L'AIR TOUTE PÂLE. TOUT VA BIEN ?
TU AS FAIT TOMBER TA FOURCHETTE...
SCRITCH
J-JE VAIS BIEN... TRÈS BIEN.
MAIS QUELLE IDIOTE.
GRR
GRR
CEPENDANT, J'EN AI ÉTÉ UNE, MOI AUSSI.
CE COMTE QUI A RAMENÉ CHEZ LUI UNE BELLE PROSTITUÉE SANS LE SOU...
ET SA FILLE QUI ME RENDAIT COUPABLE DE TOUTES LES ATROCITÉS QU'ELLE COMMETTAIT...
SON FILS QUI N'A CESSÉ DE PASSER SA COLÈRE SUR MOI...
J'AI ÉTÉ UNE IMMENSE IDIOTE POUR ME LAISSER TUER AUSSI INJUSTEMENT PAR CETTE FAMILLE SCÉLÉRATE.

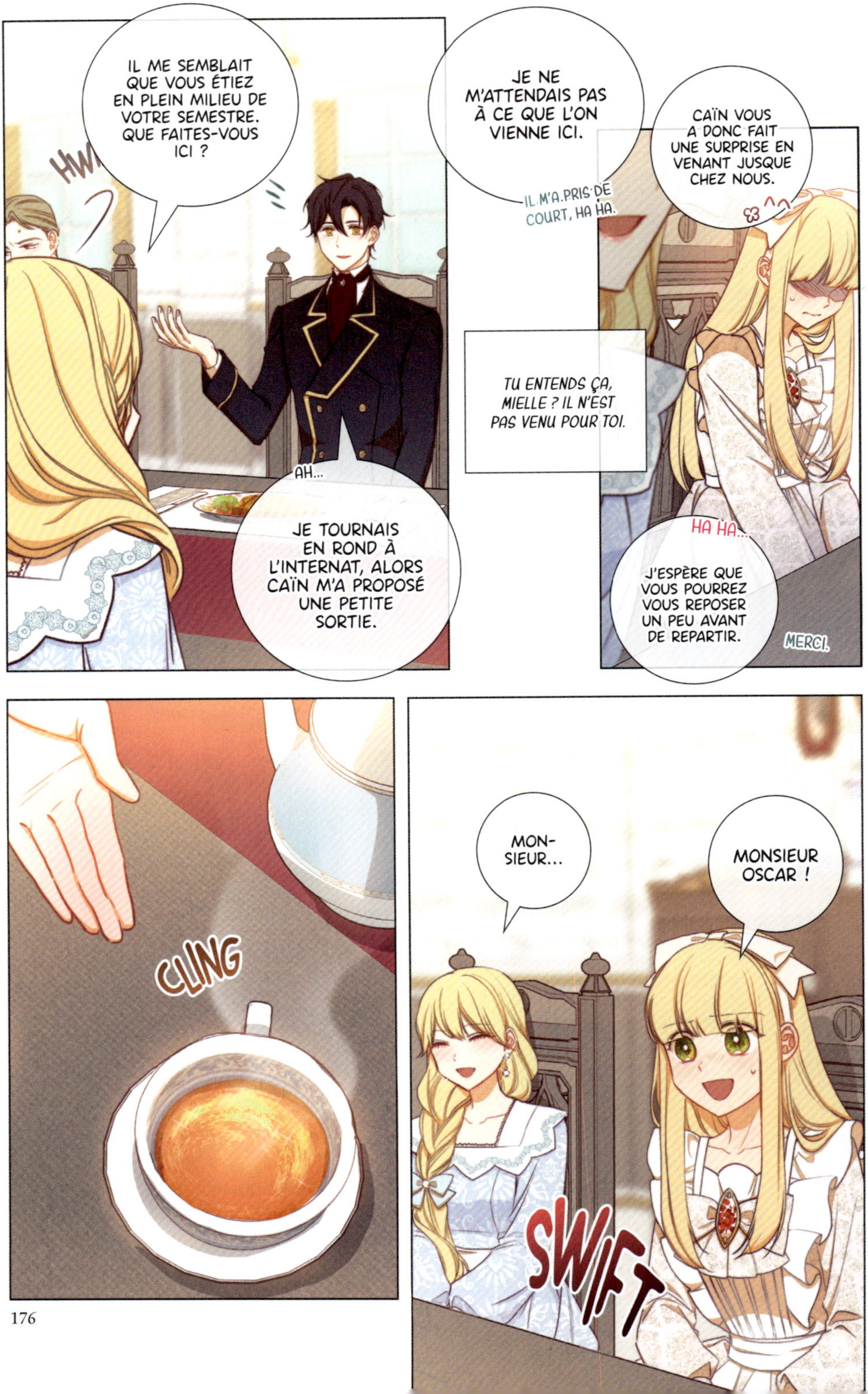
IL ME SEMBLAIT QUE VOUS ÉTIEZ EN PLEIN MILIEU DE VOTRE SEMESTRE. QUE FAITES-VOUS ICI ?
HWI
AH...
JE TOURNAIS EN ROND À L'INTERNAT, ALORS CAÏN M'A PROPOSÉ UNE PETITE SORTIE.
JE NE M'ATTENDAIS PAS À CE QUE L'ON VIENNE ICI.
IL M'A PRIS DE COURT, HA HA.
CAÏN VOUS A DONC FAIT UNE SURPRISE EN VENANT JUSQUE CHEZ NOUS.
TU ENTENDS ÇA, MIELLE ? IL N'EST PAS VENU POUR TOI.
HA HA...
J'ESPÈRE QUE VOUS POURREZ VOUS REPOSER UN PEU AVANT DE REPARTIR.
MERCI.
CLING
MON-SIEUR...
MONSIEUR OSCAR !
SWIFT

JE SAIS QUE C'EST UN PEU TARD, MAIS MERCI POUR LA ROBE QUE VOUS M'AVEZ ENVOYÉE.
ELLE EST SI BELLE QUE JE L'AI GARDÉE PRÉCIEUSEMENT ET L'AI MISE AUJOURD'HUI POUR LA PREMIÈRE FOIS.
SLURP
ELLE VOUS SIED À MERVEILLE, MADEMOISELLE MIELLE.
POUR VOUS REMERCIER, J'AIMERAIS VOUS OFFRIR QUELQUES VÊTEMENTS À MON TOUR. MAIS JE NE CONNAIS PAS VOS GOÛTS...
QUE DIRAIS-TU D'ALLER FAIRE LES BOUTIQUES AVEC NOUS ?
JE DOIS, MOI AUSSI, ACHETER DE NOUVELLES TENUES.
POF
NON, CE NE SERA PAS NÉCESSAIRE.
POF
BOOUM
NOTRE FAMILLE A UN TAILLEUR ET JE N'AI BESOIN QUE DE MON UNIFORME QUAND JE SUIS À L'ACADÉMIE.
HÉ HÉ
VOUS DEVRIEZ Y ALLER ENTRE FRÈRE ET SŒUR, VOUS NE VOUS ÊTES PAS VUS DEPUIS LONGTEMPS.
ARGH
NON, NON. NOUS NE POUVONS PAS LAISSER UN INVITÉ SEUL !

MAIS JE NE SERAI PAS SEUL.
MADEMOISELLE ARIA EST LÀ.
SCRITCH
CLING
HO HO ^^
ET COMME JE NE SERAI PAS SEUL, CELA NE VA PAS À L'ENCONTRE DE L'ÉTIQUETTE.
JE NE SAIS PAS SI JE SAURAI VOUS TENIR COMPAGNIE, MONSIEUR OSCAR, MAIS JE M'EFFORCERAI DE NE PAS VOUS IMPORTUNER.
NE VOUS INQUIÉTEZ PAS POUR MOI, MADEMOISELLE ARIA.
^^*
NOUS AVONS VOYAGÉ TOUTE LA NUIT, JE SUIS ÉPUISÉ. JE POURRAIS MÊME FAIRE UNE SIESTE.
D-DANS CE CAS...
VOUS DEVRIEZ ALLER VOUS REPOSER, MONSIEUR OSCAR.
SWOOF
JE VAIS VOUS FAIRE PRÉPARER UNE CHAMBRE PENDANT QUE CAÏN ET MIELLE SE PRÉPARENT À SORTIR.
SCRIII
JE VOUS REMERCIE DE VOTRE HOSPITALITÉ, MADEMOISELLE ARIA.
AMUSEZ-VOUS BIEN EN VILLE.
EUH
HWIK
MAIS...

CLAC
LALA
J'EN DANSERAIS PRESQUE DE JOIE !
LALA
LALA
TAC
LALA
LALA

MADEMOISELLE, QUE DOIS-JE FAIRE DU MOUCHOIR QUE VOUS M'AVEZ CONFIÉ ?
DONNE-LE-MOI.
ET TU POURRAS DISPOSER.
J'ENVISAGEAIS DE LE DONNER À OSCAR LORS DU REPAS, MAIS CE N'ÉTAIT PAS LE MOMENT.
CLAC
ET COMME J'IGNORE QUAND MIELLE LUI DONNERA LE SIEN...
SWOOF
ELLE VA SANS DOUTE DEMANDER À QUELQU'UN DE LE BRODER POUR ELLE...
JE PRÉFÈRE LE GARDER À PROXIMITÉ AU CAS OÙ.
HI
AH LÀ LÀ, ILS AURAIENT PU DIRE QU'ILS PRÉFÉRAIENT CHANGER DE PLAN MAIS ILS SONT SORTIS QUAND MÊME...
TAGADA
TAGADA

LES NOBLES NE PEUVENT PAS S'EMPÊCHER DE PRENDRE SOIN DE LEUR IMAGE.
LA MOINDRE PETITE HUMILIATION LEUR EST VRAIMENT INSUPPORTABLE.
JE DEVRAIS EN PROFITER POUR ÉTUDIER.
LEUR ORGUEIL EST UN ATOUT DE PLUS DANS MON JEU !
MES LEÇONS NE VONT PAS ASSEZ VITE.
SWOOF
DANS CE LIVRE D'HISTOIRE, LES ANCÊTRES DES NOBLES RATÉS QUE J'AI RENCONTRÉS LORS DES BALS...
SONT DÉCRITS COMME DES HÉROS.
ILS SE SONT ENRICHIS À COUP DE PILLAGES ET DE MASSACRES, MAIS CES ACTES SONT VUS COMME DE BONS MOYENS DE GOUVERNER LE PEUPLE.
RIEN DE SURPRENANT VENANT DE LA NOBLESSE !
ILS NE PENSENT À RIEN D'AUTRE QU'À SE REMPLIR LES POCHES.
VOUS SAVEZ, MES ANCÊTRES...
C'EST INCROYABLE !

MAIS AU FOND, JE NE SUIS PEUT-ÊTRE PAS SI DIFFÉRENTE.
DÈS QUE J'AI CHANGÉ DE STATUT SOCIAL, J'AI DÉPENSÉ SANS COMPTER CET ARGENT SALE.
MOI AUSSI...
...
JE DOIS ME CHANGER LES IDÉES.
POURQUOI NE PAS ALLER...
DANS LES JARDINS INTÉRIEURS ?

SWIISH
MÈRE NÉGLIGE CET ENDROIT, MAIS LES DOMESTIQUES SEMBLENT EN PRENDRE SOIN.
ELLE DIT VOULOIR UN PASSE-TEMPS PLUS RAFFINÉ QUE LE JARDINAGE...
CLAC
HÉ HÉ
IL FAIT BIEN CHAUD ICI... PEUT-ÊTRE DEVRAIS-JE ARROSER LES PLANTES ?
PSSH
PSSH
J'AI BIEN TROP DE PENSÉES INUTILES DANS LA TÊTE.
JE DOIS JUSTE... APPRÉCIER CE QUE J'AI AUJOURD'HUI ET BIEN M'EN SERVIR.
POURQUOI ME SUIS-JE RENDUE SI TRISTE AVEC TOUS CES SOMBRES SOUVENIRS ?
IL NE ME RESTE QUE CELLES-LÀ À ARROSER ET JE RETOURNERAI DANS MA CHAMBRE DE MEILLEURE HUMEUR !
BABOUM
ARGH... J'AI RÉUSSI À GRIMPER JUSQU'ICI...
SWANG
MAIS JE NE SUIS PAS SÛRE QUE CE SOIT UNE BONNE IDÉE.
SWING

SPLASH
SPLASH
SWOOF
SPLASH
JE VEUX JUSTE FINIR CE QUE J'AI...
SCRI
COMMENCÉ...
ARGH !
!
OUPS
EUH
IL FAUT PRÉVENIR AVANT D'ENTRER ! QUI DONC SE PER...
EUH
BABOUM
QUE...
M-MONSIEUR OSCAR ?!

E-EST-CE QUE VOUS ALLEZ BIEN ?!
JE SUIS NAVRÉE. JE NE VOUS AI PAS VU ENTRER...
TAP
TAP
OH LÀ LÀ...
TAP
MADEMOI-SELLE ARIA.
SWING
!

NE VOUS INQUIÉTEZ PAS POUR MOI !
MAIS VOUS NE SÉCHEREZ PAS MES VÊTEMENTS AINSI...
CE N'EST RIEN.
TAP
SI VOUS CONTINUEZ AINSI, VOUS ALLEZ FINIR TREMPÉE, VOUS AUSSI.
ARGH
PLIISH
QU'EST-CE QUE JE VAIS BIEN POUVOIR FAIRE ?!
J'AI COMMIS UNE GRAVE ERREUR...!
J-JE SUIS VRAIMENT NAVRÉE...

SI TOUT MON PLAN PART EN FUMÉE À CAUSE D'UNE SIMPLE MALADRESSE...
NON...
HORS DE QUESTION !
COMMENT EST-CE POSSIBLE ?!
COMMENT POUVEZ-VOUS VOUS PROMENER AINSI SANS VOTRE DOMESTIQUE ?!
BRR
BRR
VOUS AVIEZ DIT ÊTRE ÉPUISÉ ET QUE VOUS COMPTIEZ FAIRE UNE SIESTE !
GNH
VOUS N'AVEZ PAS À VOUS EXCUSER, MADEMOISELLE ARIA.
C'EST DE MA FAUTE. JE N'AURAIS PAS DÛ DÉAMBULER CHEZ VOUS TOUT SEUL.
AH...

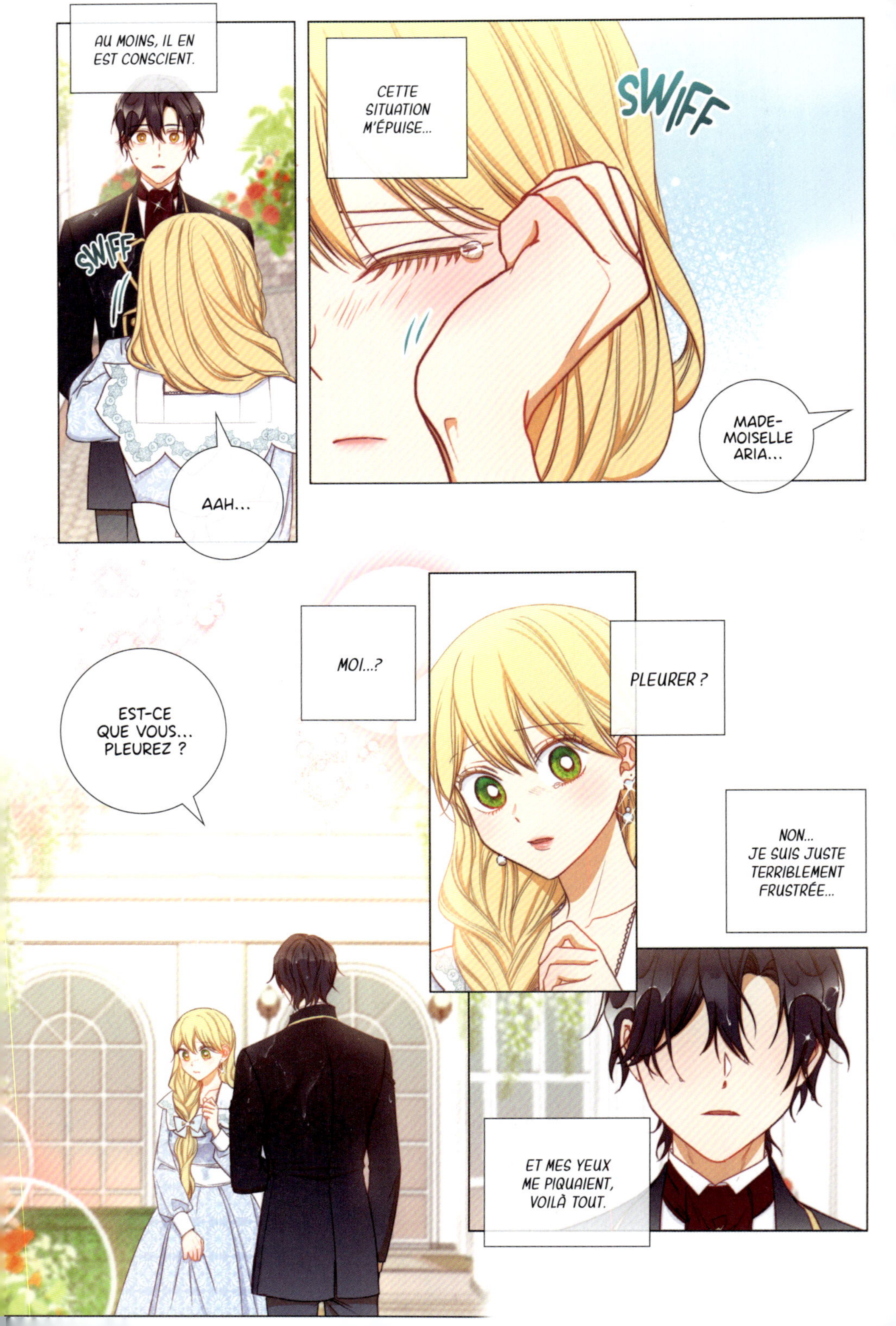
AU MOINS, IL EN EST CONSCIENT.
SWIFF
AAH...
CETTE SITUATION M'ÉPUISE...
SWIFF
MADE-MOISELLE ARIA...
EST-CE QUE VOUS... PLEUREZ ?
MOI...?
PLEURER ?
NON... JE SUIS JUSTE TERRIBLEMENT FRUSTRÉE...
ET MES YEUX ME PIQUAIENT, VOILÀ TOUT.

JE N'AVAIS JAMAIS REMARQUÉ CE CÔTÉ-LÀ CHEZ OSCAR...
VOILÀ DONC SA VRAIE NATURE.
GNIP
IL EST DU GENRE À NE PAS POUVOIR IGNORER UNE PERSONNE QUI SOUFFRE...
C'EST SANS DOUTE POUR ÇA QU'IL M'A AIDÉE LORS DU REPAS.
JE NE SAVAIS PAS QU'IL AVAIT CE GENRE DE FAIBLESSE.

HÉ HÉ...
AH, C'EST VRAI...
MAINTENANT QUE J'Y PENSE, J'AI UN MOUCHOIR.
P-PAS DU TOUT. POURQUOI PLEURERAIS-JE ?
J'ÉTAIS SI SURPRISE QUE JE N'Y PENSAIS PLUS. TENEZ.
SWIFF

JE PEUX TRANSFORMER MA MALADRESSE EN UNE BIEN MEILLEURE OPPORTUNITÉ.
OSCAR, VOUS SAVEZ CE QUE CELA SIGNIFIE, D'ACCEPTER LE MOUCHOIR D'UNE NOBLE DEMOISELLE...
MAIS VOUS NE POUVEZ PAS REFUSER LE MIEN DANS CETTE SITUATION, N'EST-CE PAS ?
...
SWIIF
PARFAIT...!
SWIFT
SWIFT
GNAP
TAP
TAP

JE TROUVE... LE BLASON DE LA MAISON FREDERICK TRÈS JOLI, ALORS JE L'AI BRODÉ POUR M'ENTRAÎNER.
C'EST...
VOUS ÊTES LE PREMIER INVITÉ QUE J'ACCUEILLE ICI ET VOUS ÊTES DE LA MAISON FREDERICK, ALORS...
EUH...
JE ME SUIS SOUVENU DE CE MOUCHOIR ET JE L'AI RESSORTI. JE SERAIS HEUREUSE S'IL POUVAIT VOUS ÊTRE UTILE.
AH ! JE SUIS DÉSOLÉE SI JE VOUS AI OFFENSÉ EN UTILISANT AINSI VOTRE BLASON...
N-NON, CELA NE ME DÉRANGE PAS DU TOUT.
LORSQU'UNE NOBLE DEMOISELLE DONNE UN MOUCHOIR, CELA SIGNIFIE QU'ELLE OFFRE SES SENTIMENTS.
S'IL LE REFUSE, JE DEVRAIS FAIRE FACE À UNE TERRIBLE HUMILIATION.

MAIS C'EST UN FREDERICK, IL SE DOIT D'AGIR AVEC LA POLITESSE ET L'HUMI-LITÉ PROPRES À LA HAUTE NOBLESSE.
HWIK
EUH...
NATUREL-LEMENT !
...
PUIS-JE VRAIMENT LE CONSERVER ?
HÉ HÉ

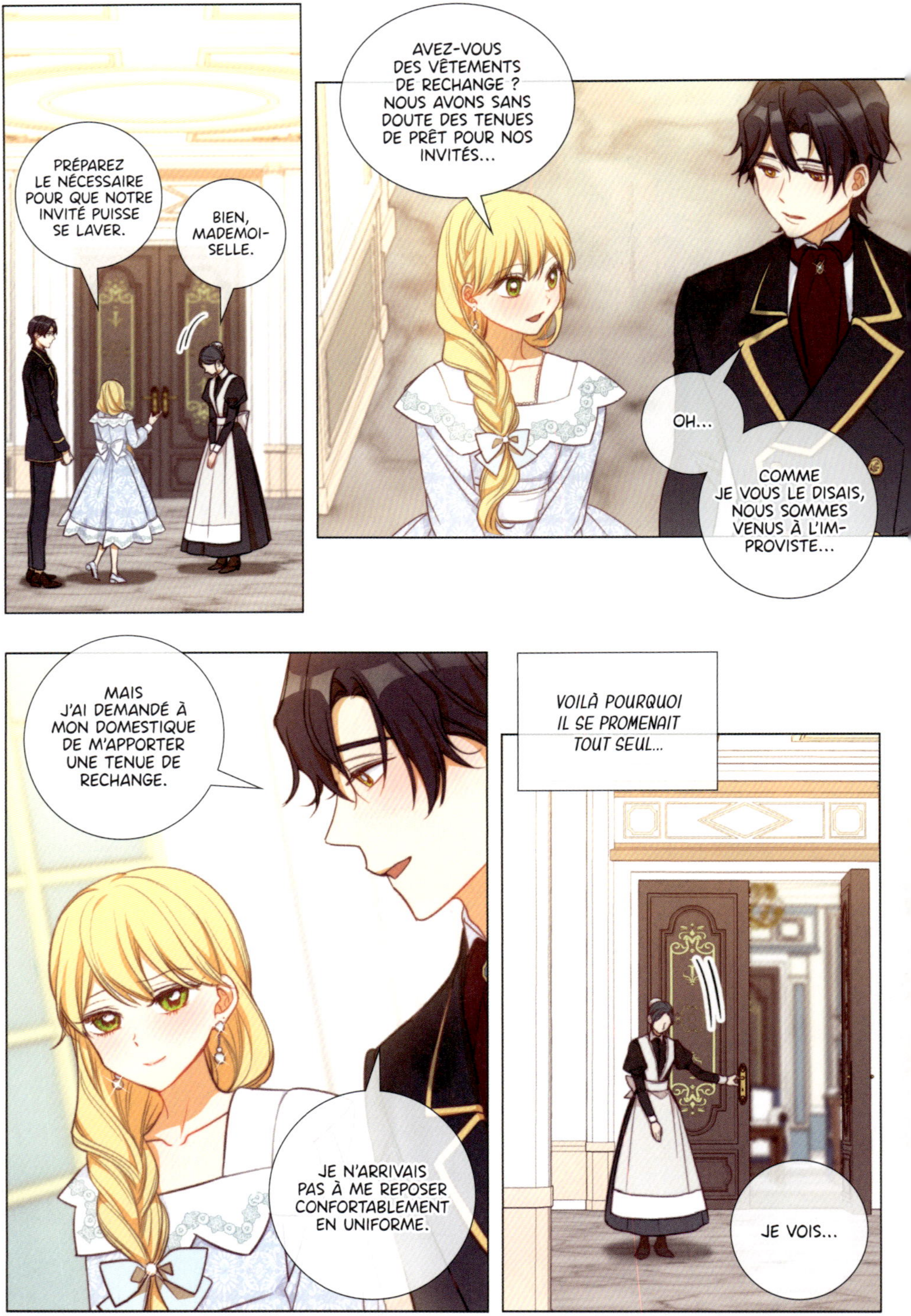

PRÉPAREZ LE NÉCESSAIRE POUR QUE NOTRE INVITÉ PUISSE SE LAVER.
BIEN, MADEMOI-SELLE.
AVEZ-VOUS DES VÊTEMENTS DE RECHANGE ? NOUS AVONS SANS DOUTE DES TENUES DE PRÊT POUR NOS INVITÉS...
OH...
COMME JE VOUS LE DISAIS, NOUS SOMMES VENUS À L'IM-PROVISTE...
MAIS J'AI DEMANDÉ À MON DOMESTIQUE DE M'APPORTER UNE TENUE DE RECHANGE.
JE N'ARRIVAIS PAS À ME REPOSER CONFORTABLEMENT EN UNIFORME.
VOILÀ POURQUOI IL SE PROMENAIT TOUT SEUL...
JE VOIS...

JE SUIS NAVRÉ DE VOUS AVOIR CAUSÉ DES SOUCIS.
NE VOUS EN FAITES PAS. REPOSEZ-VOUS BIEN.
VOUS AUSSI, MADEMOISELLE ARIA.
TAP
TAP
ZYEUTE
TAP
TAP
NON. JE DOIS JUSTE LUI ENVOYER UN CADEAU POUR LA REMERCIER. C'EST TOUT.

CLING
AVEZ-VOUS TROUVÉ DE BEAUX VÊTEMENTS ?
QUELQUES-UNS.
NOUS AVONS SURTOUT TROUVÉ UN CADEAU POUR TOI.
POUR MOI ?
BLING
BLING
NE ME DISAIS-TU PAS QUE TES PLUMES ÉTAIENT ABÎMÉES ET QU'IL T'EN FALLAIT DE NOUVELLES ?
FIOU

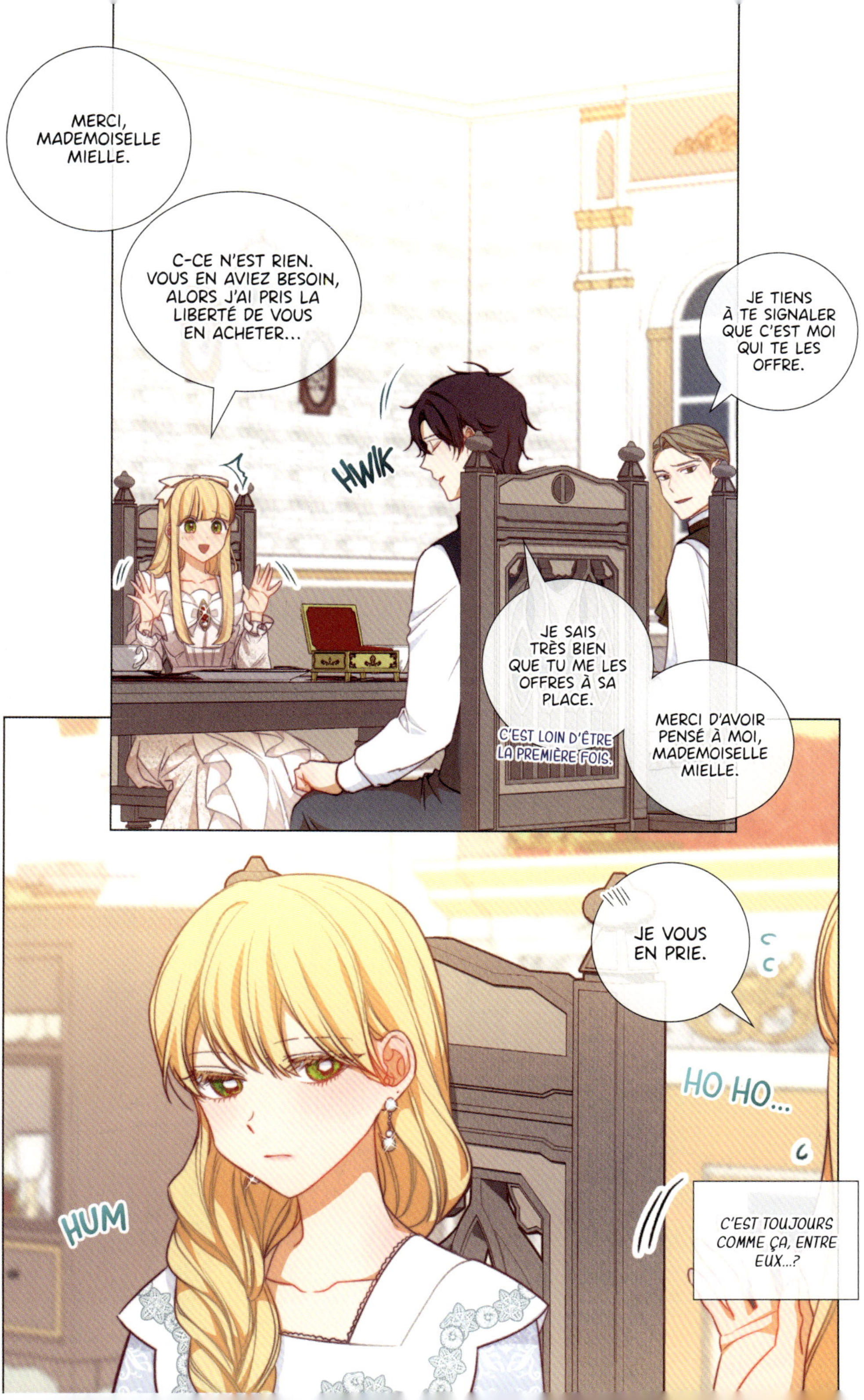
MERCI, MADEMOISELLE MIELLE.
C-CE N'EST RIEN. VOUS EN AVIEZ BESOIN, ALORS J'AI PRIS LA LIBERTÉ DE VOUS EN ACHETER...
JE TIENS À TE SIGNALER QUE C'EST MOI QUI TE LES OFFRE.
HWIK
JE SAIS TRÈS BIEN QUE TU ME LES OFFRES À SA PLACE.
C'EST LOIN D'ÊTRE LA PREMIÈRE FOIS.
MERCI D'AVOIR PENSÉ À MOI, MADEMOISELLE MIELLE.
JE VOUS EN PRIE.
HO HO...
HUM
C'EST TOUJOURS COMME ÇA, ENTRE EUX...?

JE N'ARRIVE PAS À M'IMMISCER DANS LEUR CONVERSATION.
VOYONS VOIR...
ET SI JE PARLAIS DU MOUCHOIR; HISTOIRE DE GÂCHER L'AMBIANCE...?
TCHING
HÉ HÉ
NON, HORS DE QUESTION.
ILS NE DOIVENT SURTOUT PAS COMPRENDRE QUE J'AI DES INTENTIONS PARTICULIÈRES ENVERS OSCAR.

JE VAIS ME CONTENTER DE FAIRE CE QUE JE PEUX POUR L'INSTANT.
D'AILLEURS, JE ME DEMANDE SI J'AI RÉUSSI À LE CHARMER À MIDI.
PEUT-ÊTRE QUE JOUER LA JEUNE FILLE TRISTE SERAIT PLUS EFFICACE ?
HUM
...
EST-CE QUE TOUT VA BIEN, MADEMOISELLE ARIA ?
ÊTES-VOUS SOUFFRANTE ?
HO HO...
KOF
JE VAIS BIEN.
JE SUIS NAVRÉE DE VOUS CAUSER DU SOUCI, MONSIEUR OSCAR.
KOF
KOF
N'INTERROMPEZ PAS VOTRE REPAS POUR MOI, CONTI-NUEZ, JE VOUS EN PRIE.
KOF
PRÉVENEZ-NOUS SI VOUS NE VOUS SENTEZ PAS BIEN...
AURIEZ-VOUS PRIS FROID ?
JE VAIS BIEN, VRAIMENT.
LUI FAIRE PITIÉ SEMBLE BIEN ÊTRE LA SOLUTION !

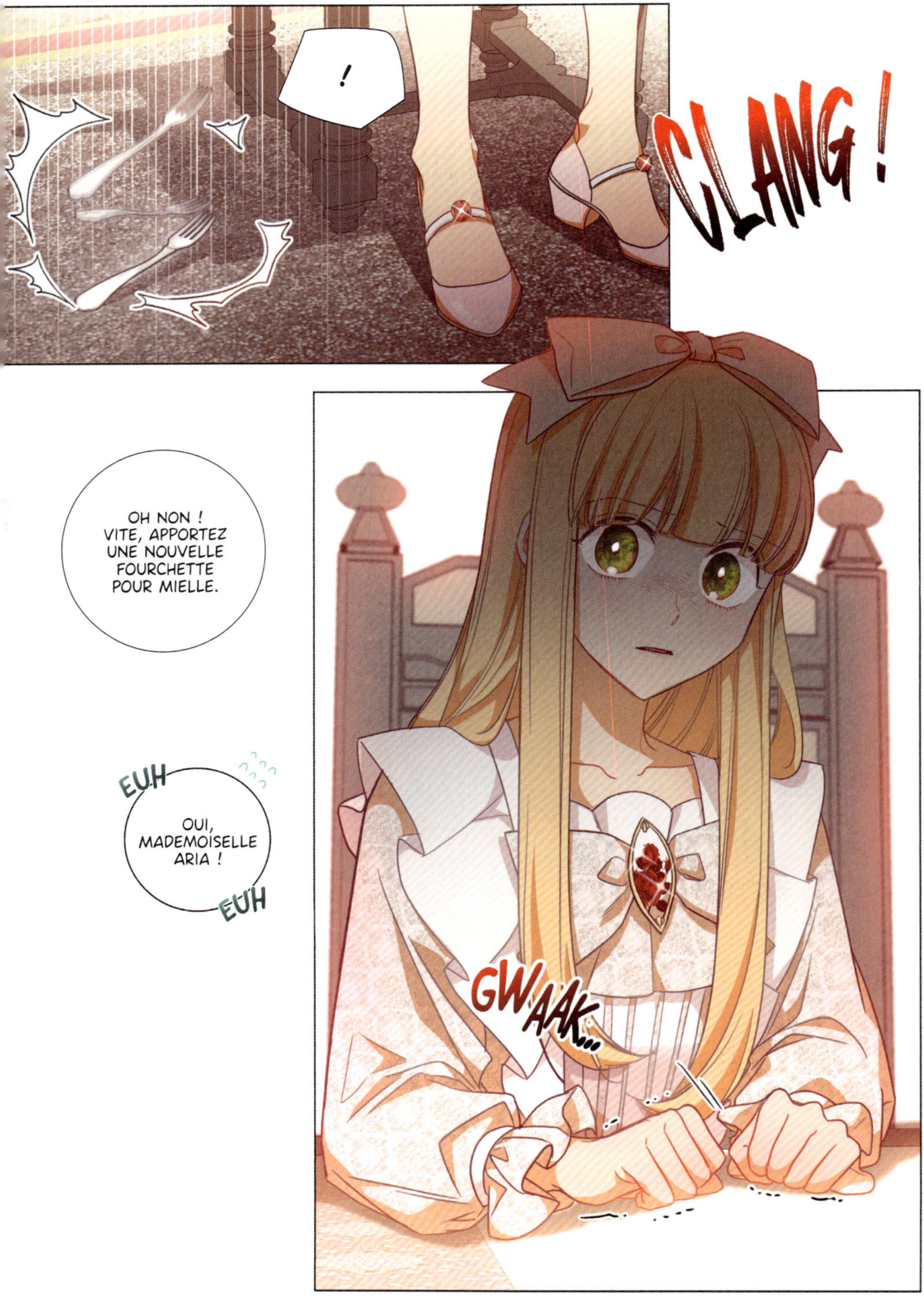
!
CLANG !
OH NON ! VITE, APPORTEZ UNE NOUVELLE FOURCHETTE POUR MIELLE.
EUH
OUI, MADEMOISELLE ARIA !
EUH
GWAAK...

MERCI ENCORE DE VOTRE HOSPITALITÉ.
TAP
TAP
ARIA, ARIA !
ARIA !
CLANG
IL PARAÎT QU'OSCAR EST VENU ?!
OUI, IL EST PASSÉ DURANT LE WEEK-END.
OÙ ÉTIEZ-VOUS, MÈRE ?
TIENS, DES CADEAUX !
MERCI !
DANS LE ROYAUME VOISIN POUR FAIRE QUELQUES EM...
NE PARLONS PAS DE ÇA !
TCHING

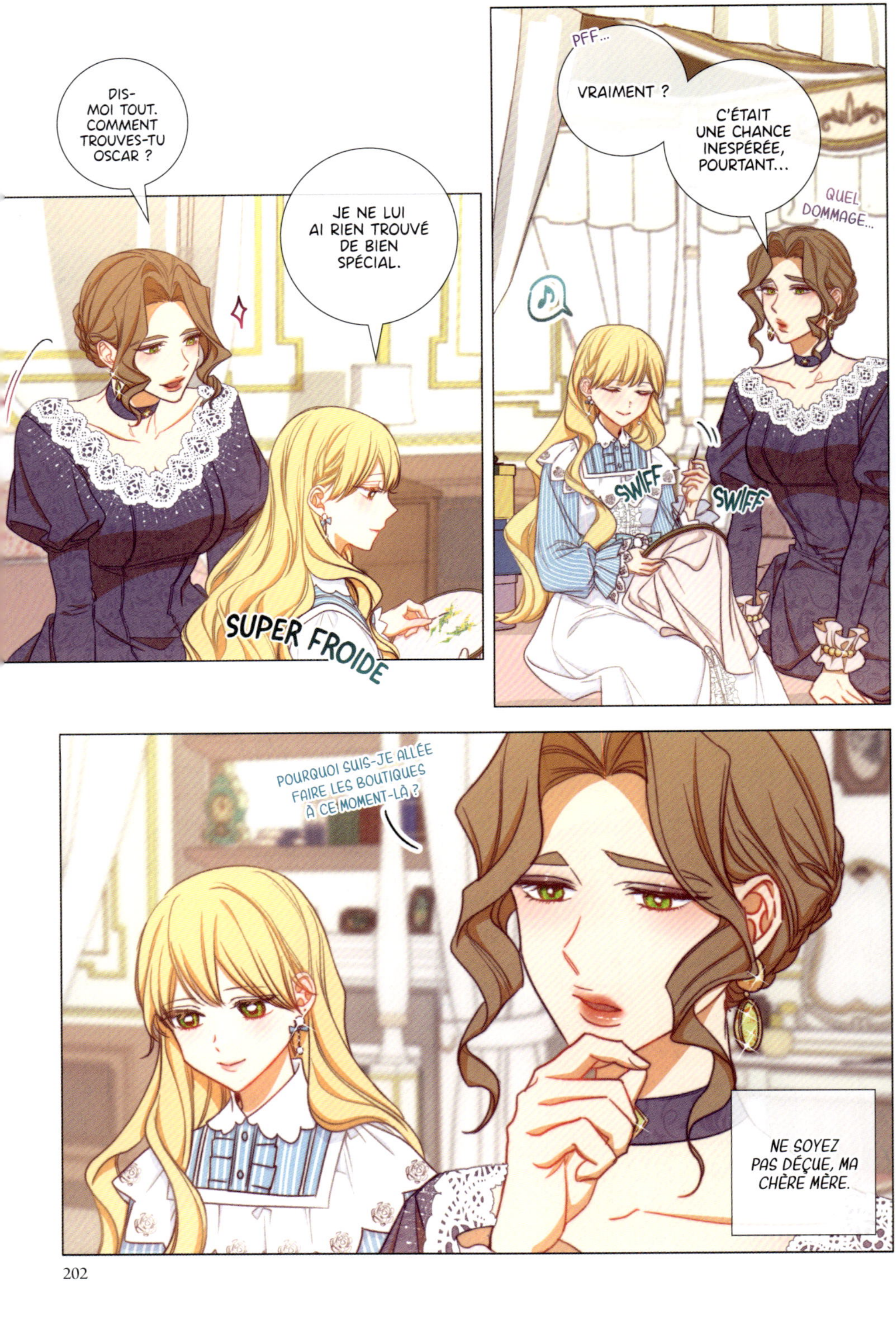
DIS-MOI TOUT. COMMENT TROUVES-TU OSCAR ?
JE NE LUI AI RIEN TROUVÉ DE BIEN SPÉCIAL.
SUPER FROIDE
PFF...
VRAIMENT ?
C'ÉTAIT UNE CHANCE INESPÉRÉE, POURTANT...
QUEL DOMMAGE...
SWIFF
SWIFF
POURQUOI SUIS-JE ALLÉE FAIRE LES BOUTIQUES À CE MOMENT-LÀ ?
NE SOYEZ PAS DÉÇUE, MA CHÈRE MÈRE.

J'AI SU SAISIR MA CHANCE.
CES CADEAUX VIENNENT DE LA MAISON FREDERICK.
BLING
BLING
C'EST SANS DOUTE POUR LES PLUMES !
BLABLA
L'AFFECTION QUE PORTE MONSIEUR OSCAR À MADEMOISELLE MIELLE EST SI TOUCHANTE !
BLABLA
IL LUI A ENVOYÉ DEUX GROSSES BOÎTES !
BLABLA
JE ME DEMANDE CE QU'ELLES CONTIENNENT !
BLABLA
BLABLA
COMMENT VAIS-JE POUVOIR LE REMERCIER ?
BABOUM
EUH...

IL Y A UN MESSAGE DE MONSIEUR OSCAR FREDERICK.
LA BOÎTE AU RUBAN ROUGE EST POUR MADEMOISELLE MIELLE...
ET CELLE AU RUBAN BLEU...
EUH
EST POUR MADE-MOISELLE... ARIA.
BOOUM

OH, ARIA. IL A DÛ GRANDEMENT APPRÉCIER TON HOSPITALITÉ.
BLABLA
BLABLA
HÉ HÉ
SI C'EST LE CAS, J'EN SUIS SOULAGÉE.
MAIS CE CADEAU...
EST SANS DOUTE POUR ME REMERCIER...
DU MOUCHOIR QUE JE LUI AI DONNÉ.
BLING
UN MOUCHOIR ?!
MONSIEUR OSCAR A ACCEPTÉ UN MOUCHOIR...
BLABLA
BLABLA
DE LA PART DE MADEMOISELLE ARIA ?!

Y A-T-IL DES LETTRES AVEC LES CADEAUX ?
AH, OUI. LES VOICI.
JE ME DEMANDAIS JUSTEMENT POURQUOI IL Y EN AVAIT DEUX.
BLABLA
BLABLA
QUE T'A-T-IL ÉCRIT, ARIA ?
ZYEUTE
LIS DONC À VOIX HAUTE, JE SUIS CURIEUSE DE SAVOIR POURQUOI MONSIEUR OSCAR T'OFFRE CE CADEAU.
BLABLA
SUPER CURIEUX
MA LETTRE NE DOIT PAS ÊTRE TRÈS INTÉRESSANTE, MÈRE.
NE SERAIT-IL PAS PLUS AMUSANT DE LIRE CELLE DE MIELLE ?
SWIFF
QUE VEUX-TU DIRE PAR LÀ ?
NOUS DEVRIONS FAIRE LES CHOSES DANS L'ORDRE. TU ES L'AÎNÉE, COMMENÇONS PAR LA TIENNE.
HA HA
L'ORDRE DE NAISSANCE N'A JAMAIS EU D'IMPORTANCE ENTRE NOUS.
C'EST UN MARIAGE ENTRE MONSIEUR OSCAR ET TOI QUI EST EN DISCUSSION. TOUT LE MONDE AIMERAIT SAVOIR CE QU'IL TE DIT DANS CETTE LETTRE D'AMOUR ENFLAM-MÉE.
HA… HA HA…
SCRITCH

DANS CE CAS, JE LIS LA MIENNE EN PREMIER, ET TU LIRAS LA TIENNE ENSUITE, ARIA.
HA HA...
MAIS JE SUIS VRAIMENT CURIEUSE...
MÈRE NE FAISAIT QUE PLAISANTER, NE PRENDS PAS ÇA SI SÉRIEUSEMENT, MIELLE.
SWIFF
OUBLIONS CETTE HISTOIRE. CE SERAIT MANQUER DE RESPECT À MONSIEUR OSCAR...
QUE DE LIRE AINSI SA LETTRE DEVANT TANT DE GENS.
HA HA
CELA DIT, J'ALLAIS SORTIR ET JE SUIS MAINTENANT CURIEUSE DE VOIR CES CADEAUX.

TIENS, TOI, LÀ-BAS...
TU VEUX BIEN OUVRIR LE MIEN ?
EUH... OUI, MADE-MOISELLE.
ELLE SE TIENT AU GARDE-À-VOUS DERRIÈRE MIELLE ET ME FUSILLE DU REGARD DEPUIS TOUT À L'HEURE.
TIC
VRRR
C'EST LA DOMESTIQUE PERSONNELLE DE MIELLE. ELLE S'APPELLE... EMMA, JE CROIS ?
OOH, QUE C'EST JOLI !
BLING
OUAAAH
TU NE VEUX PAS ALLER L'ESSAYER ?
JE VAIS ÊTRE EN RETARD SI JE NE ME DÉPÊCHE PAS.
JE NE PORTERAI QUE LA BARRETTE POUR LE MOMENT.
SWIFF
SUR CE, JE VOUS LAISSE.
SWIISH
QUEL DOMMAGE, JE NE POURRAI PAS TE VOIR OUVRIR TON CADEAU, MIELLE.

TAP
TAP
GWAAK
TACLAP
TACLAP
“Je vous offre ce cadeau en remerciement du mouchoir que vous m’avez laissé vous emprunter lors de notre rencontre dans vos jardins intérieurs. J’espère que vous l’accepterez en signe de ma gratitude.”
TACLAP
“Oscar Frederick.”
QUEL HOMME FRANC.
TACLAP
JE M’EN DOUTAIS. HEUREUSEMENT QUE JE NE L’AI PAS LUE À VOIX HAUTE, SINON LE MALENTENDU AURAIT ÉTÉ DISSIPÉ.
ET JE ME DOIS DE FAIRE CROIRE LE PLUS DE CHOSES POSSIBLES À MIELLE.
HÉ HÉ.
J’AI DÛ LUI PARAÎTRE VRAIMENT MISÉRABLE POUR QU’IL M’OFFRE UNE ROBE…

JE N'EN DEMANDAIS PAS TANT ! JE NE VAIS PAS ME PLAINDRE D'UNE TELLE RÉUSSITE.
UNE BAGUE... UN COLLIER... UNE BROCHE... QU'EST-CE QUI IRAIT ?
PARDON ?
JE VEUX M'ARRÊTER À LA PLUS GRANDE ET LUXUEUSE BIJOUTERIE DE LA CAPITALE SUR LE CHEMIN DU RETOUR.
TACLAP
TACLAP
BIEN, MADEMOISELLE ARIA.
?
POURQUOI LE TON DE SA VOIX EST SI...
AAH... JE SAIS.
ELLE PENSE QUE JE VAIS DÉPENSER UNE FORTUNE POUR VIVRE AVEC L'EXTRAVAGANCE DONT J'AVAIS L'HABITUDE AVANT.
TACLAP
TACLAP
...

AAH…
MAIS EST-CE QUE J'AURAI ASSEZ D'ARGENT SUR MOI ?
SI JE DOIS ENVOYER UN CADEAU DE REMERCIEMENT À MONSIEUR OSCAR, JE DOIS Y METTRE LES MOYENS, N'EST-CE PAS ?
!
LE CADEAU QU'IL M'A OFFERT EST PARTICULIÈREMENT GRANDIOSE APRÈS TOUT…
OUI, C'EST VRAI !
JE PENSAIS QUE NOUS N'ALLIONS QU'AU THÉ DE MADEMOISELLE SARAH, ALORS JE N'AI PRIS QUE PEU D'ARGENT. MAIS SI VOUS AVEZ VOS PAPIERS D'IDENTITÉ, IL N'Y AURA PAS DE SOUCI.
PARFAIT. NOUS NE POUVONS PAS OFFRIR N'IMPORTE QUOI À LA MAISON FREDERICK.
CE SERAIT FAIRE HONTE AU NOM DES ROSCENT.
JESSIE, JE NE SUIS PLUS L'ENFANT IDIOTE ET VULGAIRE QUE TU CONNAISSAIS.
MIELLE S'EFFORCE DE JOUER LES SAINTES ET DE CACHER SA TERRIBLE NATURE AUX AUTRES…
ALORS JE ME DOIS DE DEVENIR SA SAUVEUSE…

ET DE LA LIBÉRER DE SA VIE TISSÉE DE MENSONGES.

JUSTE CIEL !
QUELLE JOLIE BARRETTE !
C'EST UNE ROSE EN OR !
KYAA♡
HI HI ! MERCI.
TENEZ.
J'AI BRODÉ LE BLASON DE VOS FAMILLES SUR CES MOUCHOIRS.
OH LÀ LÀ, VOUS NOUS AVEZ ENCORE PRÉPARÉ DE MAGNIFIQUES CADEAUX.
J'AI PARLÉ DE VOUS À MA FAMILLE, ET MES PARENTS SOUHAITENT VOUS INVITER.
VRAIMENT ? C'EST GENTIL DE LEUR PART.
HÉ HÉ
ELLES ONT APPAREMMENT TOUTES CHANTÉ MES LOUANGES DE RETOUR CHEZ ELLES.
QU'ELLES SONT ADORABLES...

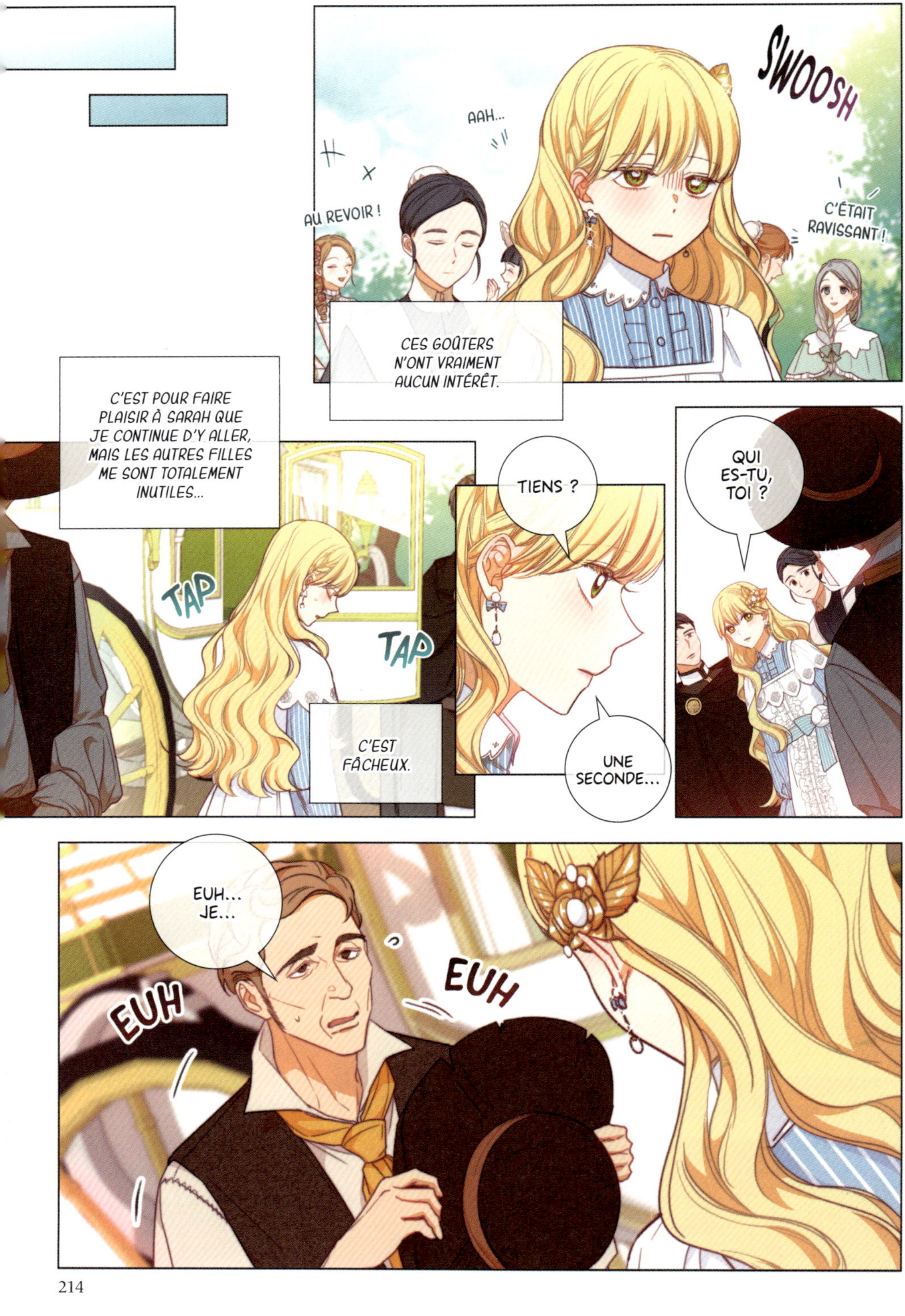
SWOOSH
AAH...
AU REVOIR !
C'ÉTAIT RAVISSANT !
CES GOÛTERS N'ONT VRAIMENT AUCUN INTÉRÊT.
C'EST POUR FAIRE PLAISIR À SARAH QUE JE CONTINUE D'Y ALLER, MAIS LES AUTRES FILLES ME SONT TOTALEMENT INUTILES...
TAP
TAP
C'EST FÂCHEUX.
TIENS ?
UNE SECONDE...
QUI ES-TU, TOI ?
EUH... JE...
EUH
EUH

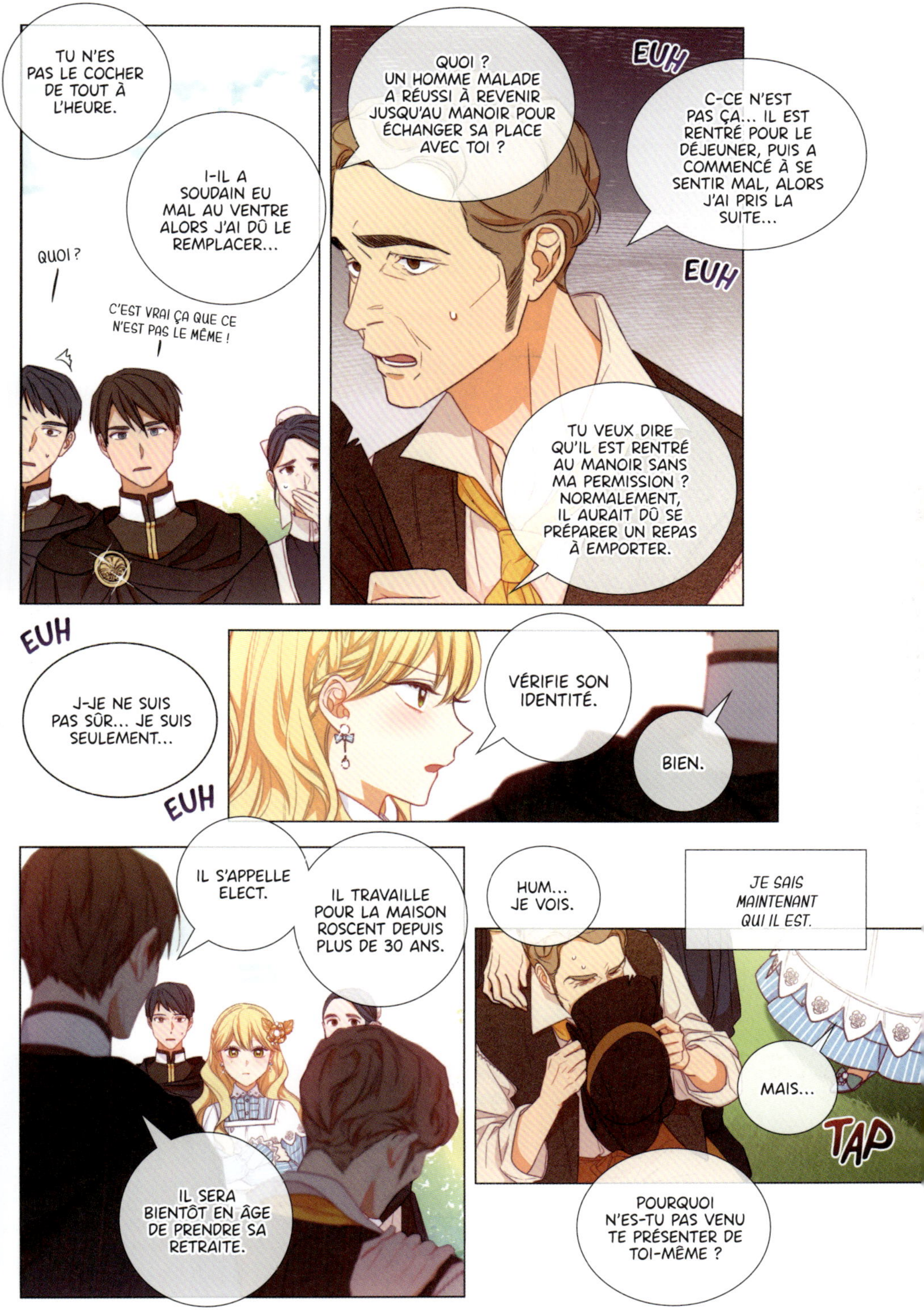
TU N'ES PAS LE COCHER DE TOUT À L'HEURE.
I-IL A SOUDAIN EU MAL AU VENTRE ALORS J'AI DÛ LE REMPLACER...
QUOI ?
C'EST VRAI ÇA QUE CE N'EST PAS LE MÊME !
QUOI ? UN HOMME MALADE A RÉUSSI À REVENIR JUSQU'AU MANOIR POUR ÉCHANGER SA PLACE AVEC TOI ?
EUH
C-CE N'EST PAS ÇA... IL EST RENTRÉ POUR LE DÉJEUNER, PUIS A COMMENCÉ À SE SENTIR MAL, ALORS J'AI PRIS LA SUITE...
EUH
TU VEUX DIRE QU'IL EST RENTRÉ AU MANOIR SANS MA PERMISSION ? NORMALEMENT, IL AURAIT DÛ SE PRÉPARER UN REPAS À EMPORTER.
EUH
J-JE NE SUIS PAS SÛR... JE SUIS SEULEMENT...
EUH
VÉRIFIE SON IDENTITÉ.
BIEN.
IL S'APPELLE ELECT.
IL TRAVAILLE POUR LA MAISON ROSCENT DEPUIS PLUS DE 30 ANS.
IL SERA BIENTÔT EN ÂGE DE PRENDRE SA RETRAITE.
HUM... JE VOIS.
JE SAIS MAINTENANT QUI IL EST.
MAIS...
TAP
POURQUOI N'ES-TU PAS VENU TE PRÉSENTER DE TOI-MÊME ?

TU COMPTAIS GARDER LE SECRET SI JE NE M'EN ÉTAIS PAS RENDU COMPTE ?
N-NON, JE SUIS JUSTE...
AUCUN D'ENTRE VOUS NE ME CONSIDÈRE COMME SA MAÎTRESSE, C'EST ÇA ?
SI J'AVAIS CONTINUÉ MA JOURNÉE SANS ÊTRE AU COURANT...
SI JE N'AVAIS PAS RÉALISÉ CE CHANGEMENT...
MA VIE AURAIT PU PRENDRE FIN AUJOURD'HUI.
J'AI DÉJÀ COMMIS LES PIRES IDIOTIES...
POUSSÉE PAR LES DOMESTIQUES EN QUI J'AVAIS CONFIANCE MAIS QUI OBÉISSAIENT À MIELLE.

CETTE PESTE A LES MOYENS D'ORCHESTRER MA PERTE !
ELLE PEUT M'ATTRIBUER DU PERSONNEL IDIOT ET INCOMPÉTENT...
AFIN DE ME METTRE EN GRAND DANGER !
MIELLE, TU ES VRAIMENT...
UNE VILAINE TRÈS TALENTUEUSE.

IL NE S'AGIT PLUS DES MESQUINERIES QU'ELLE EMPLOYAIT DANS MON AUTRE VIE.
J'AI GRANDI ET MÛRI PLUS RAPIDEMENT CETTE FOIS-CI...
MAIS ELLE AUSSI, ELLE A RÉVÉLÉ SA VRAIE NATURE PLUS TÔT.
MIELLE !

TU PEUX RETOURNER AU MANOIR AVEC CETTE CALÈCHE.
JE ME DÉBROUILLERAI POUR RENTRER.
SCRITCH
AH...
T-TRÈS BIEN...
ARGH...
TACLAP
TIENS ? SON VISAGE S'EST DÉCOMPOSÉ QUAND JE LUI AI DIT DE RENTRER SANS MOI.
CETTE CALÈCHE FAIT UN SACRÉ RAFFUT. COMME S'IL Y AVAIT QUELQUE CHOSE DE MAL VISSÉ...
ENFIN BON, GRÂCE À ÇA...
MES SOUPÇONS CONCERNANT MIELLE SE CONFIRMENT.

TOI, VA NOUS CHERCHER UNE AUTRE CALÈCHE.
HWIK
TU N'AS PAS SU REMARQUER LE CHANGEMENT DE COCHER, MAIS TROUVER UN AUTRE CARROSSE DEVRAIT ÊTRE DANS TES CORDES, NON ?
VOILÀ QUE JE FAIS LE TRAVAIL D'UN DOMESTIQUE...
HUMPH
HUMPH
DIRE QUE JE N'AVAIS JAMAIS REMARQUÉ QUE J'ÉTAIS ENTOURÉE D'INCAPABLES...
JE SUIS CERTAINE QUE JE N'AI RIEN VU PARCE QUE JE NE SUIS SIMPLEMENT PAS NÉE NOBLE.
TAC
DILING
BIENVENUE, MADE-MOISELLE.

JE SOUHAITERAIS VOIR VOS BROCHES.
BIEN SÛR. NOUS ALLONS VOUS ACCOMPAGNER DANS NOTRE ESPACE PRIVÉ.
J'AIMERAIS UNE BROCHE POUR UN HOMME DE MOINS DE 20 ANS.
MONTREZ-MOI TOUT CE QUE VOUS AVEZ, DE LA PLUS SIMPLE À LA PLUS SOMPTUEUSE.
TAP
TAP
...
TRÈS BIEN, MADEMOISELLE.
JE VOUS PRIE DE PATIENTER ICI QUELQUES INSTANTS.
ON PEUT DEVINER LE NIVEAU DE FORTUNE D'UN NOBLE EN OBSERVANT LES EXPRESSIONS DE SON DOMESTIQUE.
S'IL RESTE IMPASSIBLE QUAND SON MAÎTRE NE DONNE PAS DE LIMITE DE PRIX, C'EST QUE L'ARGENT N'EST PAS UN PROBLÈME.
CETTE DEMOISELLE N'EST PAS BANALE...
NE SÉLECTIONNE PAS N'IMPORTE QUOI. SEULEMENT CELLES DE HAUTE QUALITÉ.
PST
BIEN, MONSIEUR !

JE VOUS REMERCIE POUR VOTRE PATIENCE.
BLING
VOICI NOS PLUS BELLES BROCHES. J'ESPÈRE QU'ELLES VOUS PLAIRONT.
OUAH...
HUM... CES PIÈCES SONT MAGNIFIQUES.
ET DE BIEN MEILLEURE QUALITÉ QUE CELLES QUE J'AI PU VOIR DURANT MES SORTIES MONDAINES.
LA PERSONNE À QUI JE COMPTE L'OFFRIR PORTE GÉNÉRALEMENT DU NOIR.
POURRIEZ-VOUS APPROCHER POUR QUE JE VOIE CE QUE ÇA REND ?
SWIFF
TIC
CELLE-LÀ... HUM...
BIEN SÛR, MADEMOISELLE.
Je vous en prie...
TIC
OH.
VOILÀ QUI EST BIEN MIEUX.

EST-CE QU'ELLE PLAIRA À OSCAR ?
J'ESPÈRE VRAIMENT...
QU'IL SERA MAL-À-L'AISE EN LA RECEVANT.
HI HI HI
JE VAIS PRENDRE CELLE-CI.
TIDING
TIDING
AH, ET IL ME FAUDRAIT AUSSI D'AUTRES PETITES BROCHES.
QUEL TYPE DE MODÈLE PRÉFÉRERIEZ-VOUS ?
SCR
SCR
QUELQUE CHOSE DE CETTE TAILLE, À PEU PRÈS.
ASSEZ GROSSES POUR ÊTRE VISIBLES, MAIS PAS IMPO-SANTES.
SCR
SCR
CONCERNANT LE MOTIF...
QUELQUE CHOSE COMME ÇA.

C'EST LE BLASON DE LA MAISON ROSCENT ! IL DOIT DONC S'AGIR DE...
MADEMOISELLE ARIA, CONNUE POUR SES TRISTES FRASQUES.
HUM
ELLE SEMBLE BIEN DIFFÉRENTE DES BRUITS QUI COURENT, POURTANT.
IL SE DIT QUE C'EST UNE FILLE VULGAIRE QUI MALMÈNE MADEMOISELLE MIELLE...
MAIS VU SON GOÛT AVISÉ POUR LES BIJOUX ÉLÉGANTS ET SES BONNES MANIÈRES, J'EN DOUTE.
BIEN...
COMBIEN VOUS EN FAUDRAIT-IL ?
HUM... CINQ POUR LE MOMENT.
ELLES POURRAIENT ÊTRE PRÊTES DÈS CE SOIR.
C'EST PLUS RAPIDE QUE JE NE PENSAIS. JE VOUS PRIE DE ME LES LIVRER AU MANOIR DEMAIN AVEC CELLE QUE JE VIENS DE VOUS ACHETER.
HWIK
CE SERA FAIT, MADEMOISELLE.
SIGNEZ ICI JE VOUS PRIE...
SOUHAITEZ-VOUS DU PAPIER À LETTRE AVEC CES CADEAUX ?
OH, J'ALLAIS JUSTEMENT VOUS LE DEMANDER. MERCI.
NOUS VOUS LIVRERONS LE TOUT DEMAIN MATIN. ET CECI...
CLAC

EST UN PETIT CADEAU DE NOTRE PART, MADEMOISELLE ARIA ROSCENT.
J'ESPÈRE QU'IL VOUS PLAIRA.
OOH.
C'EST UN SAPHIR ?
J'APPRÉCIE LES GENS PERSPICACES COMME LUI.
JESSIE.
AIDE-MOI À LE METTRE.
BIEN, MADEMOISELLE.
SHALALA
CE N'EST PAS MAL DU TOUT. MERCI.
VOUS ÊTES LE PROPRIÉTAIRE DE LA BOUTIQUE ?
OUI.
JE REVIENDRAI SOUVENT VOUS RENDRE VISITE.
JE VOUS REMERCIE.
JE VOUS PRÉVIENDRAI DE L'ARRIVÉE DE VOTRE CALÈCHE, VOUS POUVEZ PATIENTER ICI.
TAP

CLING
SWOOSH
...
L'AMBIANCE EST UN PEU...
...
VA CHERCHER UNE CALÈCHE.
SCRITCH
PARDON ?
TCHING
UNE CALÈCHE.
O-OUI, BIEN SÛR !
TAP
TAP
TAP
TAP
TRÈS BIEN. TU PEUX ATTENDRE AVEC EUX QUE CE SOIT PRÊT.
J-JE VAIS DEMANDER AU PERSONNEL DE VOUS APPORTER UNE COLLATION.
SWIFF
AAH... HEUREUSEMENT QUE JESSIE AUSSI EST ASSEZ PERSPICACE POUR SAVOIR QUOI FAIRE.

J'AI FAILLI M'EN PRENDRE À ELLE COMME JE LE FAISAIS DANS MON AUTRE VIE.
PFF
UN COCHER INCONNU ET UNE CALÈCHE QUI FAIT UN BRUIT ÉTRANGE... UN GARDE SIMPLET ET UN AUTRE LONG À LA DÉTENTE...
AAH...
SHLAC
JE PORTAIS CE GENRE DE VÊTEMENTS MOI AUSSI, AVANT. LES MIENS ÉTAIENT SANS DOUTE MÊME PIRES QUE ÇA.
BLABLA
BLABLA
MÈRE DÉPENSAIT TOUT L'ARGENT QU'ELLE GAGNAIT POUR ÉVOLUER DANS SON TRAVAIL, ALORS JE N'AVAIS PAS LE CHOIX.
BLABLA
BLABLA
MAIS C'EST AUSSI GRÂCE À ÇA QUE NOUS AVONS PU CHANGER DE STATUT.

SORTIR DE CES BAS-FONDS A ÉTÉ UN VRAI COUP DE CHANCE.
ALORS MIELLE...
JE NE TE LAISSERAI PAS TOUT GÂCHER.
JE VAIS DÉCORER LES MURS DU PALAIS...
AVEC TA TÊTE, CELLE DE CAÏN AINSI QUE CELLE DU COMTE... CE SERA PARFAIT.
UNE ACCUSATION DE TRAHISON SERAIT LE MEILLEUR MOYEN D'ÉLIMINER LA FAMILLE ENTIÈRE.
OH ?
CET HOMME, C'EST...!
TCHING

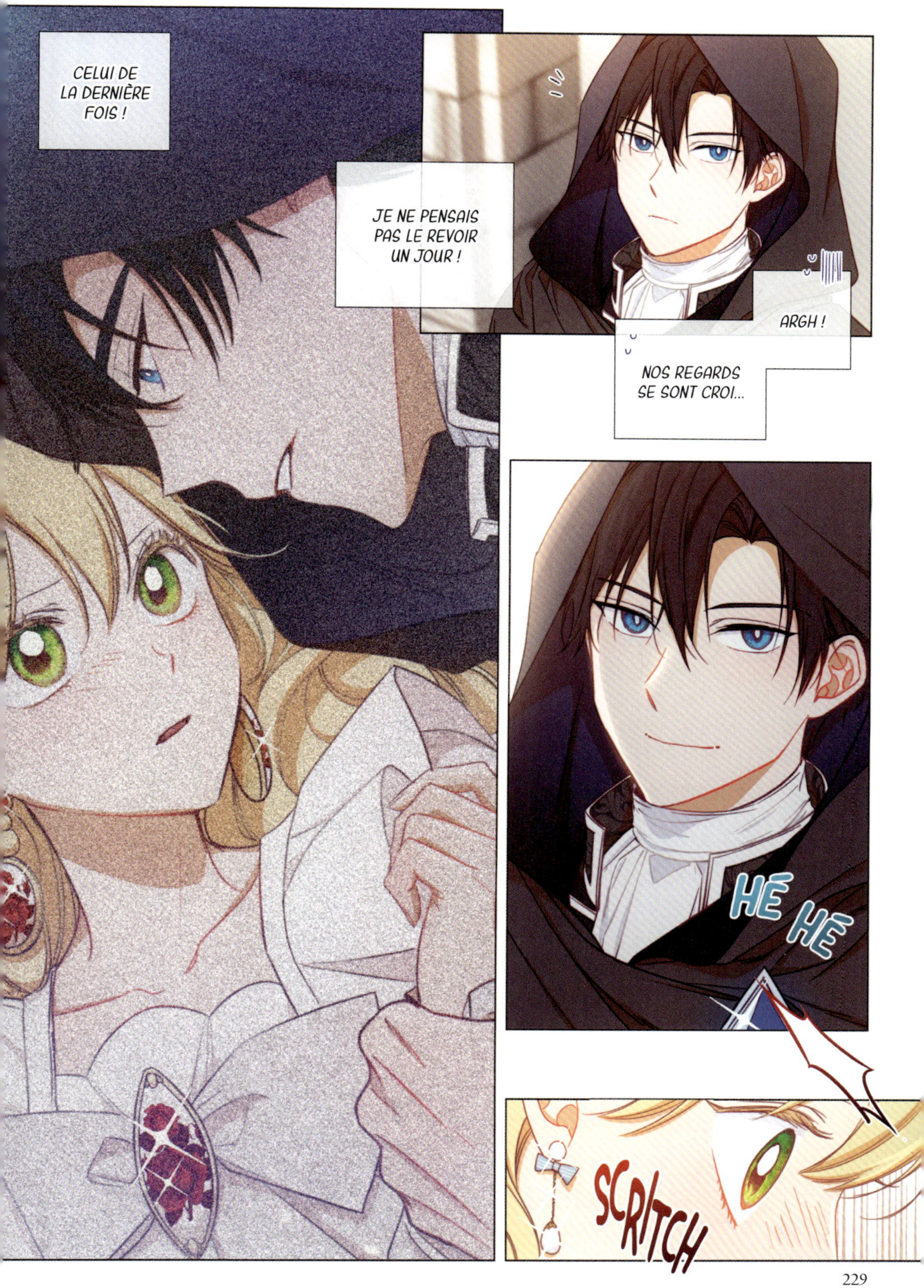
CELUI DE LA DERNIÈRE FOIS !
JE NE PENSAIS PAS LE REVOIR UN JOUR !
ARGH !
NOS REGARDS SE SONT CROI...
HÉ HÉ
SCRITCH

SHLAC
IL M'A SOURI ?
BABOUM
BABOUM
QU'EST-CE QU'IL MANI-GANCE ?
BABOUM
JE NE COMPRENDS PAS...
IL ME REND TERRIBLEMENT NERVEUSE.
MADEMOISELLE, JE VOUS APPORTE DU THÉ AU JASMIN ET UNE TARTE AUX...
?
EST-CE QUE TOUT VA BIEN, MADEMOISELLE ARIA ?
VOUS N'AVEZ PAS L'AIR EN FORME...
LA CALÈCHE N'EST TOUJOURS PAS LÀ ?

OH, SI, ELLE EST ARRIVÉE QUAND JE TERMINAIS DE PRÉPARER VOTRE COLLATION.
NE VOULEZ-VOUS PAS UN PEU DE THÉ AVANT DE...
SWIFF
CE NE SERA PAS LA PEINE.
SI LA CALÈCHE EST PRÊTE, RENTRONS.
BABOUM
B-BIEN, MADE-MOISELLE !
BABOUM
JE NE PENSAIS PAS QUE NOUS NOUS REVERRIONS.
MAIS JE NE DEVRAIS PAS TROP M'INQUIÉTER.
BABOUM
BABOUM
CET HOMME N'A PLUS AUCUNE RAISON DE CHERCHER À ME VOIR.
ET IL NE FAIT PAS PARTIE DE LA HAUTE NOBLESSE...
ALORS JE N'AI PAS À LUI ACCORDER MON ATTENTION.
BABOUM
JE PEUX ME CONTENTER DE L'IGNORER.
BABOUM
BABOUM
BABOUM
LE PLUS IMPORTANT, C'EST DE PARTIR D'ICI...

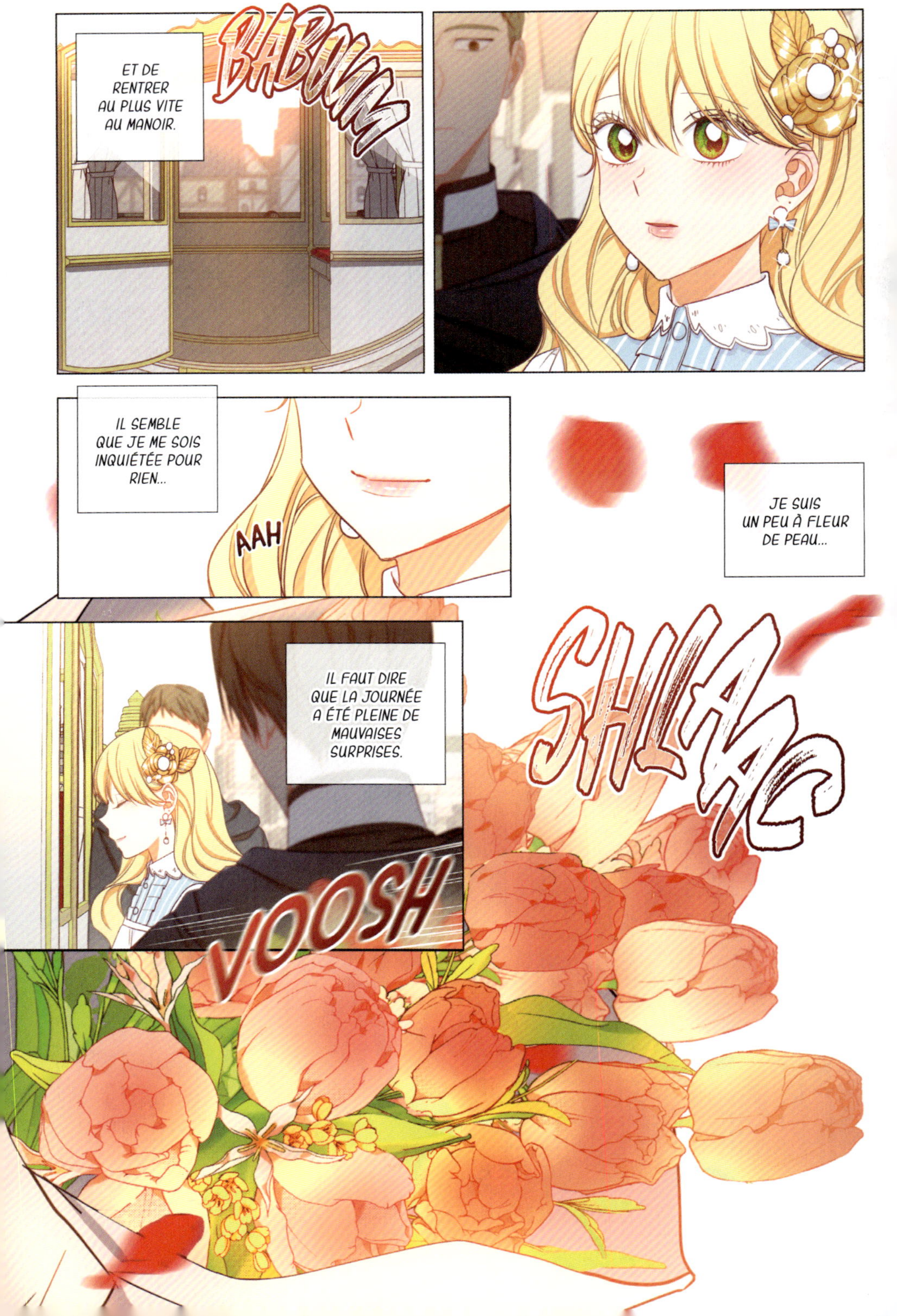

ET DE RENTRER AU PLUS VITE AU MANOIR.
BABOUM
IL SEMBLE QUE JE ME SOIS INQUIÉTÉE POUR RIEN...
AAH
JE SUIS UN PEU À FLEUR DE PEAU...
IL FAUT DIRE QUE LA JOURNÉE A ÉTÉ PLEINE DE MAUVAISES SURPRISES.
VOOSH
SHLAC

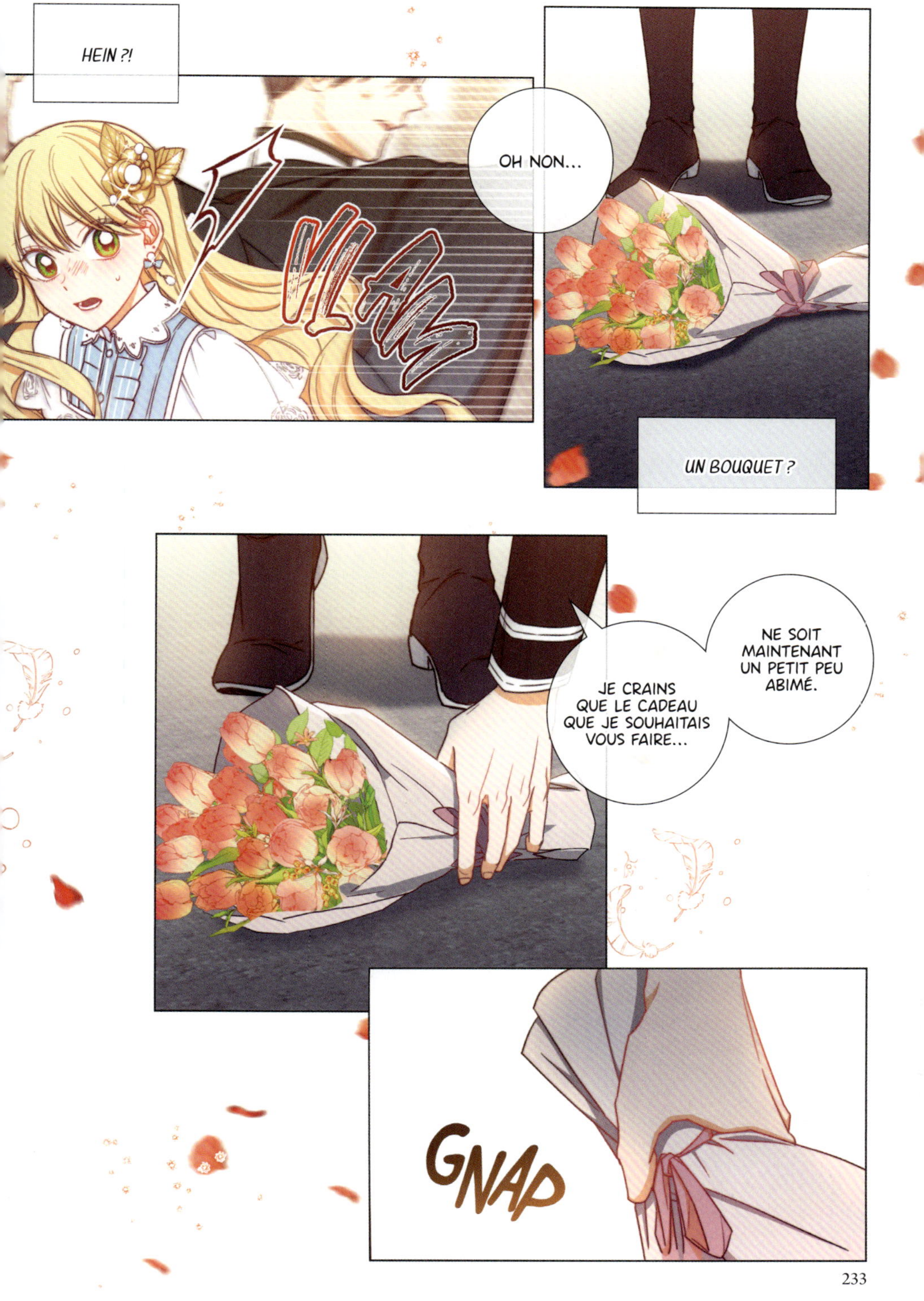
HEIN ?!
VLAM
OH NON…
UN BOUQUET ?
JE CRAINS QUE LE CADEAU QUE JE SOUHAITAIS VOUS FAIRE…
NE SOIT MAINTENANT UN PETIT PEU ABIMÉ.
GNAP

JE N'AI SANS DOUTE PAS CHOISI LE BON MOMENT.
HÉ HÉ
SÉRIEUSEMENT ?
JE SUIS RAVI DE VOUS REVOIR...
MADEMOISELLE ROSCENT.
LE SORT S'ACHARNE SUR MOI !

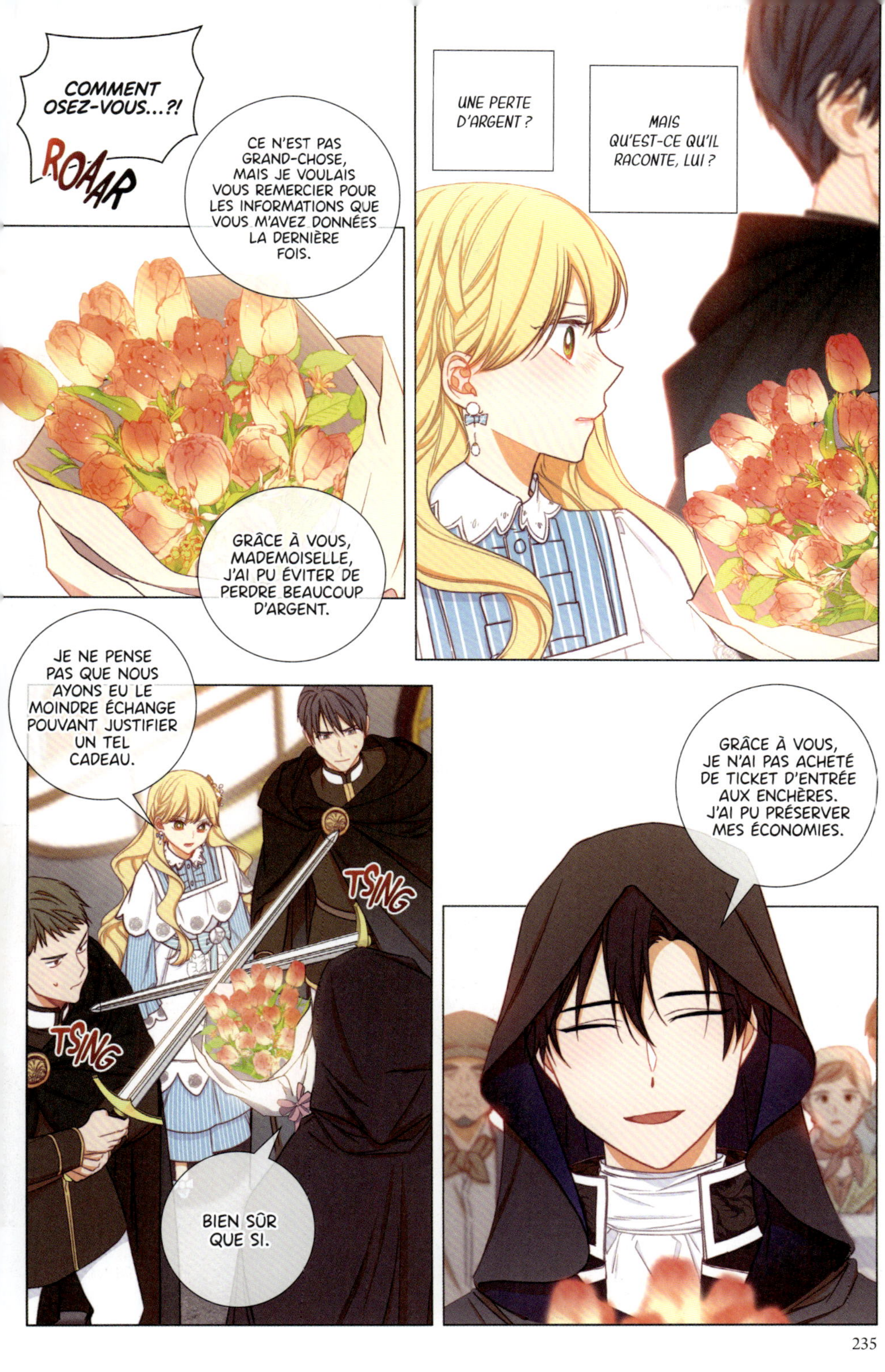
COMMENT OSEZ-VOUS...?!
ROAAR
CE N'EST PAS GRAND-CHOSE, MAIS JE VOULAIS VOUS REMERCIER POUR LES INFORMATIONS QUE VOUS M'AVEZ DONNÉES LA DERNIÈRE FOIS.
GRÂCE À VOUS, MADEMOISELLE, J'AI PU ÉVITER DE PERDRE BEAUCOUP D'ARGENT.
UNE PERTE D'ARGENT ?
MAIS QU'EST-CE QU'IL RACONTE, LUI ?
JE NE PENSE PAS QUE NOUS AYONS EU LE MOINDRE ÉCHANGE POUVANT JUSTIFIER UN TEL CADEAU.
TSING
TSING
BIEN SÛR QUE SI.
GRÂCE À VOUS, JE N'AI PAS ACHETÉ DE TICKET D'ENTRÉE AUX ENCHÈRES. J'AI PU PRÉSERVER MES ÉCONOMIES.

HEIN ?
C'EST DONC VRAIMENT UN PAUVRE NOBLE DE PROVINCE CHERCHANT À GAGNER DE L'ARGENT À LA CAPITALE ?
MAIS SI C'EST VRAIMENT LE CAS...
POURQUOI AVAIT-IL L'AIR SI MENAÇANT ?
GNAP
JE VOUS PRIE D'ACCEPTER CES TULIPES. ELLES ONT REÇU LA BÉNÉDICTION DU ROYAUME.
CE N'EST QU'UN MODESTE PRÉSENT QUI VOUS APPORTERA, JE L'ESPÈRE, CHANCE ET BONHEUR À L'AVENIR.
BLABLA
BLABLA
CONTRAIREMENT À LA DERNIÈRE FOIS, IL EST POLI ET GENTIL.
QUE SE PASSE-T-IL ?
DEVRIONS-NOUS LES LAISSER ?

JE CROIS QUE ÇA M'IRRITE ENCORE PLUS.
JE ME DOIS DE REFUSER CES COURTOISIES TANT QUE J'IGNORE SES RÉELLES INTENTIONS...
SWOOSH
VRRR
TAC

JE NE PEUX ACCEPTER CE CADEAU SANS CONNAÎTRE VOTRE NOM.
BLABLA
BLABLA
CIEL !
OOH...
OH, C'EST VRAI. JE MANQUE DE MANIÈRES.
VOUS POUVEZ M'APPELER ASHER.
À QUELLE MAISON APPARTENEZ-VOUS ?
POUR DES RAISONS PERSONNELLES... JE PRÉFÈRE NE VOUS DONNER QUE MON PRÉNOM POUR L'INSTANT.
JE VOIS...
ESSAIE-T-IL DE M'UTILISER POUR SE RAPPROCHER DE LA MAISON ROSCENT ?
OU NE VEUT-IL PAS GÂCHER SA CHANCE AVEC MOI EN RÉVÉLANT SA LIGNÉE MODESTE ?
EN TOUT CAS, IL A CLAIREMENT UNE IDÉE EN TÊTE ET JE N'AIME PAS ÇA.
TCHING
SCRITCH
!
SNIF SNIF
OH, ELLES NE SENTENT RIEN...
CE SONT DE SIMPLES TULIPES.
EUH...
TRÈS BIEN.

DEVRAIS-JE AUSSI LES GOÛTER ?
NON, ÇA IRA.
GZZ
AH... BIEN...
SWIISH
SI CELA NE VOUS DÉRANGE PAS...
POURRAIS-JE VOUS DONNER UN BAISE-MAIN POUR VOUS SALUER ?
AVEZ-VOUS AUTRE CHOSE À AJOUTER ? JE DOIS RENTRER.
JE COMPRENDS. MERCI DE M'AVOIR ACCORDÉ UN PEU DE VOTRE TEMPS.

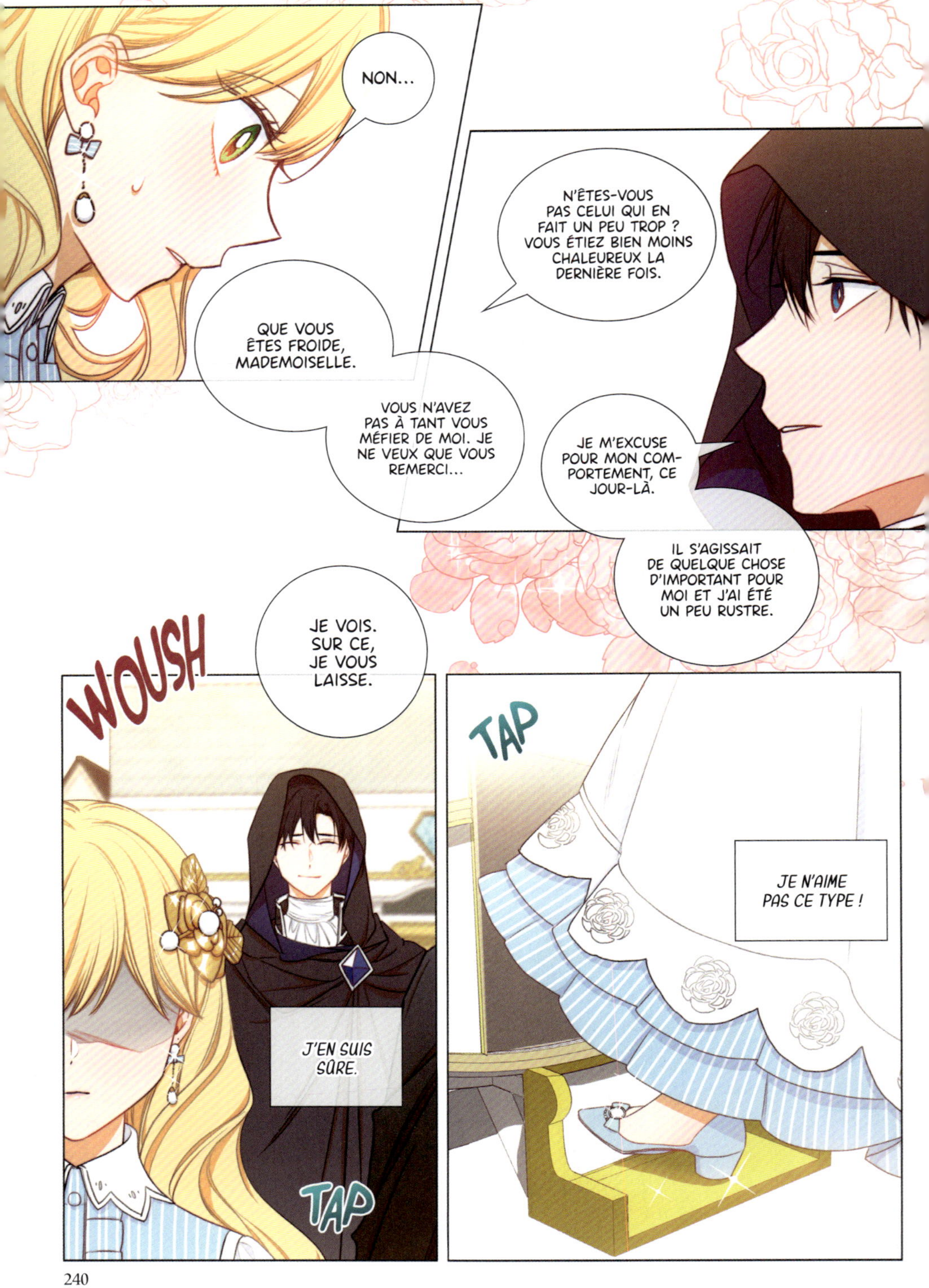
NON...
QUE VOUS ÊTES FROIDE, MADEMOISELLE.
VOUS N'AVEZ PAS À TANT VOUS MÉFIER DE MOI. JE NE VEUX QUE VOUS REMERCI...
N'ÊTES-VOUS PAS CELUI QUI EN FAIT UN PEU TROP ? VOUS ÉTIEZ BIEN MOINS CHALEUREUX LA DERNIÈRE FOIS.
JE M'EXCUSE POUR MON COMPORTEMENT, CE JOUR-LÀ.
IL S'AGISSAIT DE QUELQUE CHOSE D'IMPORTANT POUR MOI ET J'AI ÉTÉ UN PEU RUSTRE.
JE VOIS. SUR CE, JE VOUS LAISSE.
WOUSH
J'EN SUIS SÛRE.
TAP
TAP
JE N'AIME PAS CE TYPE !

AH !
SWING
SWOOF
OH NON !
SCRATCH
QUE FAIRE ?
SWING
SQUASH
SWING
SQUASH

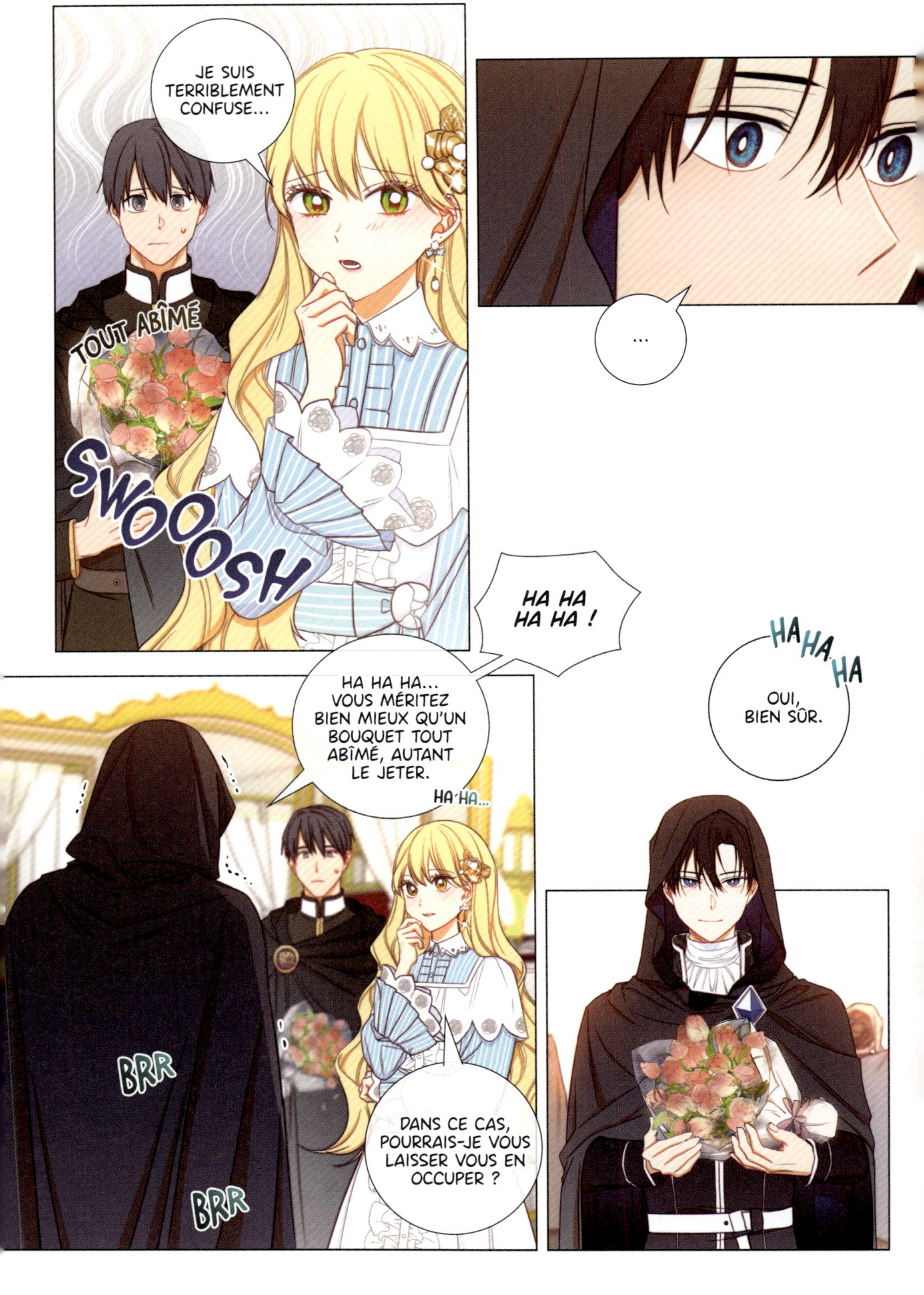
JE SUIS TERRIBLEMENT CONFUSE...
TOUT ABÎMÉ
SWOOSH
...
HA HA HA HA !
HA HA HA... VOUS MÉRITEZ BIEN MIEUX QU'UN BOUQUET TOUT ABÎMÉ, AUTANT LE JETER.
HA HA...
BRR
BRR
DANS CE CAS, POURRAIS-JE VOUS LAISSER VOUS EN OCCUPER ?
HA HA HA
OUI, BIEN SÛR.

TACLAP
ET IL SOURIT, EN PLUS...?
TACLAP
JE PENSAIS QU'IL S'AGACERAIT DE ME VOIR ÉCRASER SES FLEURS, MAIS NON.
QU'EST-CE QU'IL VEUT, BON SANG ?
POURQUOI S'EST-IL MONTRÉ SI GENTIL, TOUT À COUP ?!
AAH...
OUBLIONS ÇA. JE N'AI PAS DE TEMPS À ACCORDER À DES CHOSES AUSSI INSIGNIFIANTES.
TACLAP
TACLAP

QUOI ? À L'HÔPITAL ?
OUI. IL ALLAIT BIEN QUAND IL VOUS A CONDUIT CE MATIN...
MAIS APRÈS LE DÉJEUNER, IL A SOUDAINEMENT EU DES MAUX DE VENTRE.
ON M'A DIT QU'IL AVAIT ÉTÉ ADMIS DANS UN HÔPITAL DES ENVIRONS, ALORS JE SUIS ALLÉ LE VOIR.
D'APRÈS LE MÉDECIN, IL S'AGIT D'UNE INTOXICATION ALIMENTAIRE.
UNE INTOXICATION ALIMENTAIRE ?
APPAREMMENT, IL AURAIT MANGÉ DES RESTES QUE SA FEMME LUI AVAIT PRÉPARÉS...
MAIS SA FEMME, ELLE, VA BIEN...
HUM, JE VOIS.
J'EN AI PROFITÉ POUR VÉRIFIER AUTRE CHOSE.
D'APRÈS LE GARDIEN DES CALÈCHES, IL MANQUAIT DES PIÈCES SUR CELLE QU'ELECT A RAMENÉE.
IL A DIT QUE LE TRAJET AVEC UN VÉHICULE DANS CET ÉTAT AVAIT DÛ ÊTRE BIEN INCONFOR-TABLE...
OH ? ALORS MÊME LE GARDIEN DES CALÈCHES L'A VU... BEAU TRAVAIL, JOHN.
C'EST EXACTEMENT CE QUE JE VOULAIS ENTENDRE.

TU ES UN MODÈLE POUR LES GARDES, TU SAIS ?
HWIK
C'EST UN HONNEUR, MADEMOISELLE, HAHA...
IL EST DE MON DEVOIR DE VOUS SERVIR DE MON MIEUX, MADEMOISELLE ARIA !
MIELLE, TU AS ORGANISÉ TOUT ÇA À CAUSE DU CADEAU QUE M'A OFFERT OSCAR, PAS VRAI ?
IL SEMBLERAIT QUE TE VOLER TON FUTUR FIANCÉ SOIT LA MEILLEURE CHOSE À FAIRE.
PLUTÔT QUE D'ESSAYER DE GAGNER LE CŒUR DE CELUI QUE TU AIMES, TU PRÉFÈRES ÊTRE JALOUSE DE TA RIVALE...
ET TU LA MALMÈNES AFIN DE PROFITER DE LA JOIE TEMPORAIRE QUE CELA TE PROCURE.
TU ES PLUS PROMPTE À AGIR SUR LE COUP DE L'ÉMOTION ET À TE CRÉER DES PROBLÈMES DANS CETTE SECONDE VIE.
TU PERDS LA TÊTE PETIT À PETIT...
ET, EN FIN DE COMPTE, TU VAS SUIVRE LA VOIE QUE J'AI EMPRUNTÉE ET JE SUIVRAI LA TIENNE.

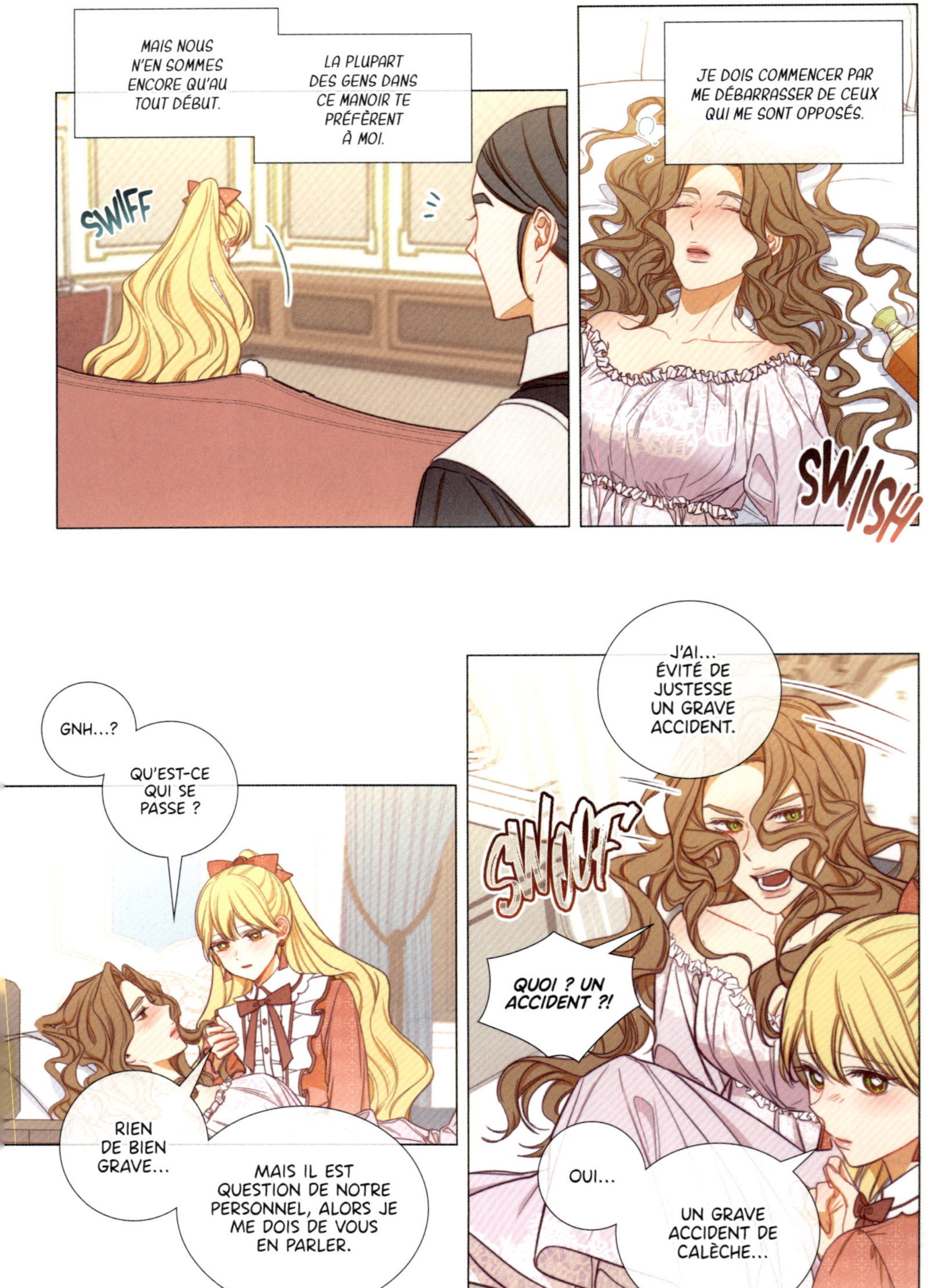
MAIS NOUS N'EN SOMMES ENCORE QU'AU TOUT DÉBUT.
LA PLUPART DES GENS DANS CE MANOIR TE PRÉFÈRENT À MOI.
SWIFF
JE DOIS COMMENCER PAR ME DÉBARRASSER DE CEUX QUI ME SONT OPPOSÉS.
SWIISH
GNH...?
QU'EST-CE QUI SE PASSE ?
RIEN DE BIEN GRAVE...
MAIS IL EST QUESTION DE NOTRE PERSONNEL, ALORS JE ME DOIS DE VOUS EN PARLER.
J'AI... ÉVITÉ DE JUSTESSE UN GRAVE ACCIDENT.
SWOOF
QUOI ? UN ACCIDENT ?!
OUI...
UN GRAVE ACCIDENT DE CALÈCHE...

JE CROIS QUE NOUS NE SOMMES TOUJOURS PAS LES BIENVENUES ICI, MÈRE...
EN L'ABSENCE DE MON ÉPOUX, C'EST MOI, LA MAÎTRESSE DE CETTE MAISON !
FLAP
QUE SE PASSE-T-IL ?
QU'EST-CE QUI LUI PREND ?
BLABLA
ET POURTANT, PERSONNE NE M'A RIEN DIT !
FLAP
LE COCHER, YAGI, A QUITTÉ SON POSTE SANS DEMANDER LA PERMISSION DE SES MAÎTRES...
TU ES ALLÉ CHERCHER MA FILLE AVEC UNE CALÈCHE DÉFECTUEUSE, QUI AURAIT PU CAUSER UN GRAVE ACCIDENT, SANS MÊME VENIR M'EN PARLER !
T-TOUT S'EST PASSÉ TRÈS VITE. J'ÉTAIS PRESSÉ ALORS J'AI DÛ PRENDRE LA MAUVAISE CALÈCHE...
ET ELECT...
ARGH !
ROOOAR
OUPS
BLABLA
TU INSINUES DONC QUE C'EST LA FAUTE DU GARDIEN DES VÉHICULES ?

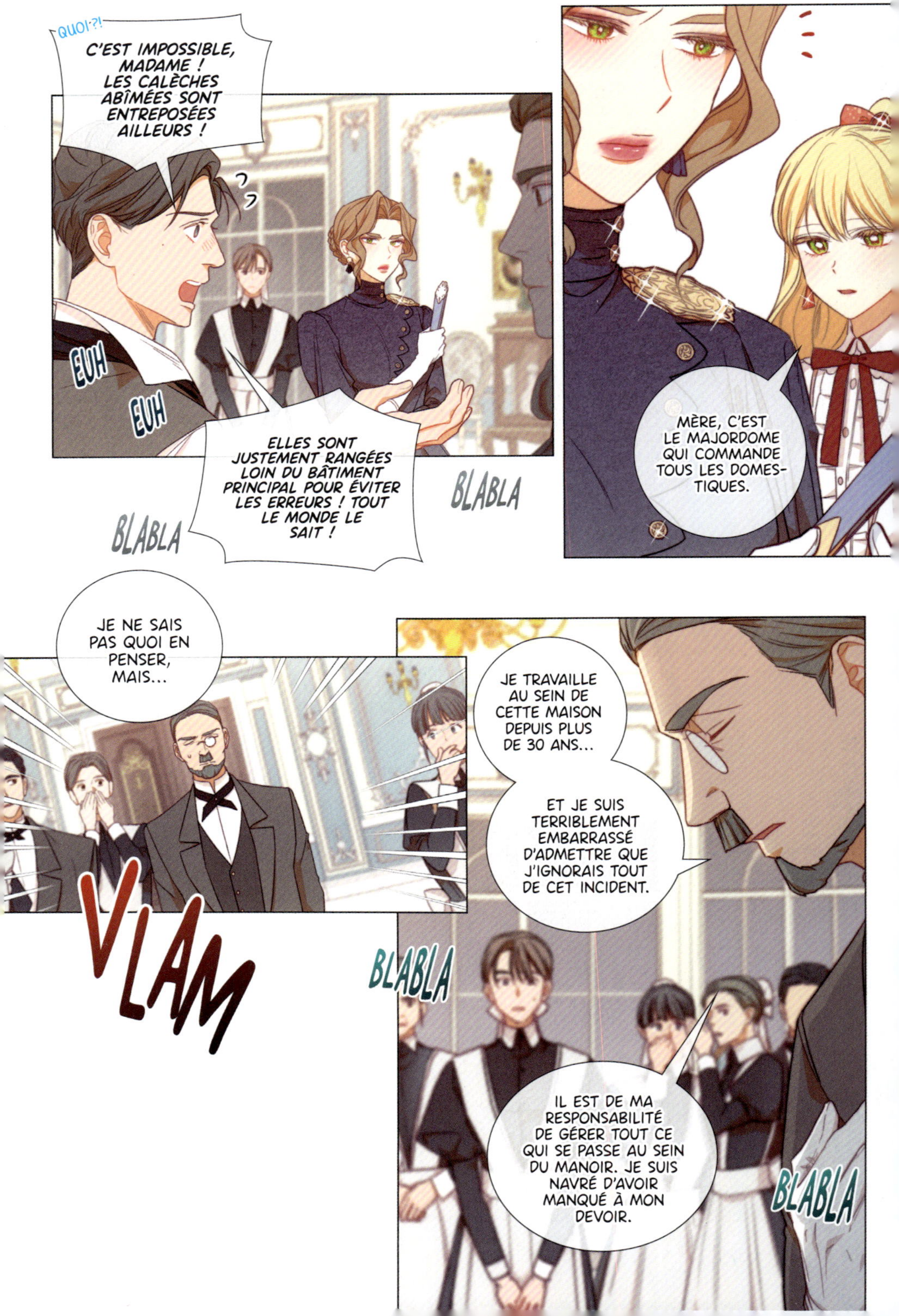
QUOI ?!
C'EST IMPOSSIBLE, MADAME ! LES CALÈCHES ABÎMÉES SONT ENTREPOSÉES AILLEURS !
EUH
EUH
ELLES SONT JUSTEMENT RANGÉES LOIN DU BÂTIMENT PRINCIPAL POUR ÉVITER LES ERREURS ! TOUT LE MONDE LE SAIT !
BLABLA
BLABLA
MÈRE, C'EST LE MAJORDOME QUI COMMANDE TOUS LES DOMESTIQUES.
JE NE SAIS PAS QUOI EN PENSER, MAIS...
VLAM
JE TRAVAILLE AU SEIN DE CETTE MAISON DEPUIS PLUS DE 30 ANS...
ET JE SUIS TERRIBLEMENT EMBARRASSÉ D'ADMETTRE QUE J'IGNORAIS TOUT DE CET INCIDENT.
BLABLA
IL EST DE MA RESPONSABILITÉ DE GÉRER TOUT CE QUI SE PASSE AU SEIN DU MANOIR. JE SUIS NAVRÉ D'AVOIR MANQUÉ À MON DEVOIR.
BLABLA

J'AI SUPPOSÉ QUE TOUT VOUS AVAIT ÉTÉ RAPPORTÉ ET QUE VOUS AVIEZ DONNÉ VOTRE PERMISSION. JE SUIS FAUTIF POUR N'AVOIR PAS VÉRIFIÉ TOUT CELA.
HWIK
JE VOUS PRIE D'ACCEPTER MES EXCUSES.
BLABLA
COMMENT A-T-IL PU COMMETTRE UNE TELLE ERREUR ?
IL EST SI MÉTICULEUX ET STRICT D'HABITUDE.
BLABLA
JE DEVRAIS PEUT-ÊTRE EN PROFITER POUR LE SAUVER.
IL NE FAUDRAIT PAS HUMILIER PUBLIQUEMENT UN HOMME AUSSI RESPECTÉ PAR LES DOMESTIQUES.
IL A TOUJOURS ÉTÉ IRRÉPROCHABLE DANS SON TRAVAIL, JE NE PENSE PAS QU'IL FAILLE LE SOUPÇONNER.
JE PENSE PLUTÔT QUE QUELQU'UN A CHERCHÉ À ME FAIRE DU MAL PARCE QU'IL ME DÉTESTE…
BLABLA
BLABLA
BLABLA

ET QU'IL A PRÉPARÉ SON COUP EN LE CACHANT AU MAJORDOME.
GLOUPS
TU OSES M'ATTAQUER AINSI ALORS QUE TU NE SAIS PAS ENCORE DISSIMULER TES ÉMOTIONS...
NOUS DEVRIONS FAIRE APPEL AUX GARDES.
AUX GARDES ?
J'IGNORE SI LE COCHER A PRIS SCIEMMENT CETTE CALÈCHE POUR ME FAIRE DU MAL...
MAIS EN TOUT CAS, IL AURAIT PU, EN CAUSANT UN ACCIDENT, CAUSER AUSSI MA MORT.
BLABLA
LES CONSÉQUENCES AURAIENT PU ÊTRE GRAVES...
BLABLA
C'EST VRAI...
SI MÊME LE MAJORDOME N'ÉTAIT PAS AU COURANT, ALORS CET INCIDENT ÉTAIT PRÉMÉDITÉ.
POURQUOI A-T-IL FAIT ÇA ?
C'EST SI EFFRAYANT QUE JE CRAINS D'EN AVOIR PERDU LE SOMMEIL...
SNIF
EUH...

N'EST-IL PAS UN PEU EXCESSIF DE FAIRE APPEL AUX GARDES...?
ELECT EST PROCHE DE LA RETRAITE, IL A PEUT-ÊTRE JUSTE OUBLIÉ QUE CETTE CALÈCHE ÉTAIT ENDOMMAGÉE.
ET PUIS, PERSONNE N'A ÉTÉ BLESSÉ. JE ME SENS UN PEU MAL POUR LUI.
MAIS J'AURAIS PU MOURIR, MIELLE...
TU... N'EN SERAIS SANS DOUTE PAS MORTE. APRÈS TOUT, LA CALÈCHE EST REVENUE SANS PROBLÈME ET...
HÉ HÉ
MIELLE, TU DIS QUE JE N'EN SERAIS PAS MORTE MAIS...

COMMENT PEUX-TU AFFIRMER UNE CHOSE PAREILLE ?
SWOOP
!
EST-CE QUE TU SAIS...
DANS QUEL ÉTAT SE TROUVAIT CETTE CALÈCHE ?
HEIN, MIELLE ?

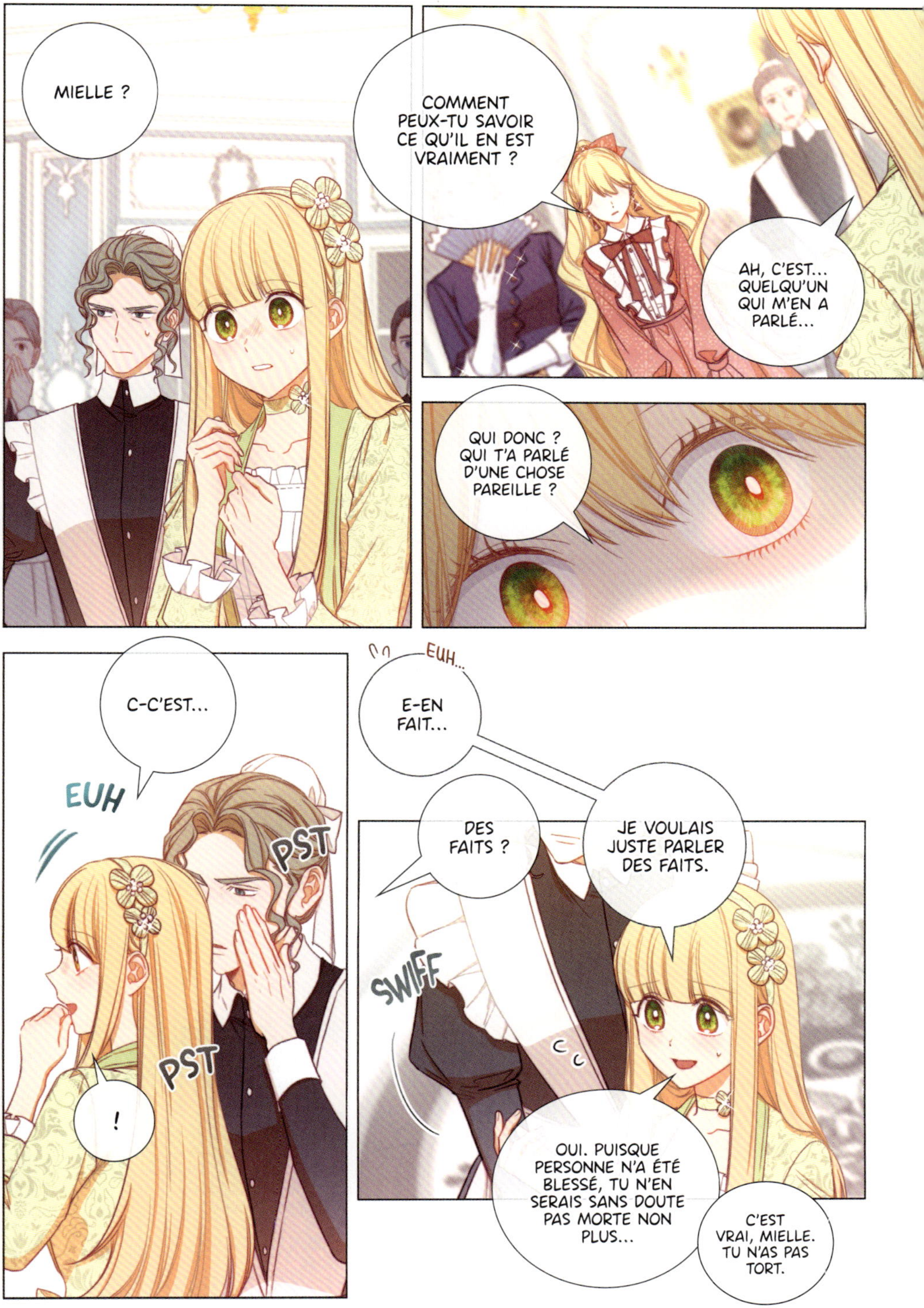
MIELLE ?
COMMENT PEUX-TU SAVOIR CE QU'IL EN EST VRAIMENT ?
AH, C'EST... QUELQU'UN QUI M'EN A PARLÉ...
QUI DONC ? QUI T'A PARLÉ D'UNE CHOSE PAREILLE ?
C-C'EST...
EUH
PST
PST
!
EUH...
E-EN FAIT...
JE VOULAIS JUSTE PARLER DES FAITS.
DES FAITS ?
SWIFF
OUI. PUISQUE PERSONNE N'A ÉTÉ BLESSÉ, TU N'EN SERAIS SANS DOUTE PAS MORTE NON PLUS...
C'EST VRAI, MIELLE. TU N'AS PAS TORT.

MAIS...
VRRR
JE SUIS PEUT-ÊTRE NÉE SOUS UNE BONNE ÉTOILE.
SI UNE ROUE S'ÉTAIT DÉTACHÉE, OU QUE LA CALÈCHE ÉTAIT TOMBÉE DANS UN FOSSÉ, QUI SAIT SI JE SERAIS ENCORE EN VIE.
M-MAIS CELA N'A PAS EU LIEU ALORS IL N'Y A PAS DE...
AAH ! SI UN TEL MALHEUR T'ÉTAIT ARRIVÉ, MIELLE...!
GNIP
SI J'AVAIS ENTENDU DIRE QUE TU AVAIS PRIS LA MAUVAISE CALÈCHE...
MÊME SI TU ÉTAIS RENTRÉE SAINE ET SAUVE, JE...!
JE N'AURAIS PLUS JAMAIS ÉTÉ EN PAIX ! JE N'AURAIS EU DE CESSE DE CRAINDRE CHACUNE DE TES SORTIES !

IMAGINANT ENCORE ET ENCORE TE RETROUVER DANS UN FOSSÉ ! OH, C'EST SI...
TAP
VOUM
JE...!
JE NE PEUX MÊME PAS IMAGINER QUELQUE CHOSE D'AUSSI TERRIBLE.
PEUT-ÊTRE QUE TU PENSES QUE J'EXAGÈRE...
MAIS ÇA ME TERRIFIE VRAIMENT.
...
HEUREUSEMENT, TOUT S'EST BIEN TERMINÉ. N'EST-CE PAS, MIELLE ?
OUI...

DANS CE CAS, NOUS POUVONS COMPTER SUR MÈRE POUR PRENDRE UNE DÉCISION JUSTE ET SAGE.
MÈRE VA, NATURELLEMENT, PRENDRE MA DÉFENSE.
BLABLA
N'ES-TU PAS D'ACCORD ?
BLABLA
ALLEZ, MIELLE. RÉPONDS-MOI.
TON VIEUX DOMESTIQUE TREMBLE DE TOUT SON ÊTRE...
CHASSE DONC DU MANOIR CET HOMME QUI N'A FAIT QUE T'OBÉIR !
HÉ HÉ
MONTRE-LUI QUE TU N'ES QU'UNE GAMINE IMPUISSANTE AU CŒUR NOIR !

SI. TU AS RAISON, ARIA...
AARGH...!
SWOOF
JUSTE CIEL...
BLABLA
PAUVRE ELECT...
BLABLA
BLABLA
DEVRIONS-NOUS APPELER UN MÉDECIN ?
BLABLA
QUE FAIRE...
BL-ABL-A
BLABLA
BLABLA
OÙ EST MIELLE ?
ELLE NE SE SENTAIT PAS BIEN. ELLE A DEMANDÉ À MANGER DANS SA CHAMBRE.
AAH... JE VOIS.
MIELLE RESTE BEAUCOUP DANS SA CHAMBRE, CES DERNIERS TEMPS. JE M'INQUIÈTE POUR ELLE.
FIOU
ME VOIR DOIT SUFFIRE À LA RENDRE MALADE.
CELA FAIT QUELQUES TEMPS QU'ELLE SE SENT MAL, ET AUJOURD'HUI, CE DOIT ÊTRE PIRE.

TAP
CE SERAIT BIEN QU'ELLE SOIT PRÉSENTE LORSQUE J'ANNONCERAI MA DÉCISION...
BÂILLE
TAP
AVEZ-VOUS BIEN DORMI, MÈRE ?
OUI.
TU PEUX CONTINUER TES PETITES MANIGANCES, MIELLE, MAIS SACHE QUE J'AI NAVIGUÉ DANS LA VIE MONDAINE DIX ANS DE PLUS QUE TOI.
CERTES, J'AI ÉTÉ ASSEZ IDIOTE POUR TE LAISSER ME FAIRE DÉCAPITER, MAIS CELA N'A PLUS D'IMPORTANCE MAINTENANT.
CLING
CLING

HÉ HÉ...
QUELQU'UN DE LA BIJOUTERIE EST LÀ POUR VOUS. JE LUI AI DIT D'ATTENDRE À L'ENTRÉE.
MADEMOISELLE ARIA.
OH ?
SWISH
DEPUIS QUE JE L'AI DÉFENDU HIER, SON ATTITUDE ENVERS MOI A BEAUCOUP CHANGÉ.
HÉ HÉ
MERCI.
IL DOIT S'AGIR DE MON CADEAU POUR REMERCIER MONSIEUR OSCAR.
OH, VA VITE LE CHERCHER DANS CE CAS. IL EST BIENTÔT TEMPS DE RASSEMBLER LES DOMESTIQUES...
D'ACCORD, MÈRE. JE ME DÉPÊCHE.
MON INCAPACITÉ À GÉRER CE GENRE DE SITUATION A ÉTÉ À L'ORIGINE DE MA MORT, À L'ÉPOQUE.
BONJOUR.

VEUILLEZ VÉRIFIER LES BIJOUX QUE VOUS AVEZ COMMANDÉS, JE VOUS PRIE.
SCRII
ILS SONT PARFAITS.
MERCI, MADEMOISELLE.
IL N'Y AVAIT PAS BESOIN DE FAIRE TANT D'EFFORT DANS LA CONFECTION...
MAIS ON VOIT QU'ILS ONT BIEN TRAVAILLÉ. JE SUIS RAVIE.
MONSIEUR LE GÉRANT VOUS REMERCIE ENCORE UNE FOIS D'AVOIR FAIT VOS ACHATS CHEZ LUI.
VOUS POURREZ LE REMERCIER ÉGALEMENT.
TOUT EST BIEN QUI FINIT BIEN.
LA JOURNÉE D'HIER A ÉTÉ PESANTE, MAIS JE SENS QU'AUJOURD'HUI, TOUT SERA PARFAIT.
J'AI RÉFLÉCHI TOUTE LA NUIT AVANT DE PRENDRE MA DÉCISION.

LE COCHER ELECT SERA RENVOYÉ. IL NE POURRA PLUS TRAVAILLER POUR LA MAISON ROSCENT.
EUH
SWOOSH
ET YAGI, QUI A QUITTÉ SON POSTE SANS PERMISSION, SERA RÉTROGRADÉ AU POSTE DE PALEFRENIER.
QUOI ? CE DOMESTIQUE SI EXPÉRIMENTÉ VA NETTOYER LES ÉCURIES ?
OUAH !
ON EST SES SUPÉRIEURS, ALORS ? ON PEUT LUI DONNER DES ORDRES ?
SWING
BLABLA
SATANÉS GAMINS ! VOUS COMMENCEZ TOUT JUSTE VOTRE CARRIÈRE !
HA HA
BLABLA
IL VA FAIRE LES MÊMES CORVÉES QUE LES NOUVEAUX VENUS...
BLABLA
JE NE ME SENS PAS BIEN, JE VAIS MONTER ME REPOSER.
AAH...
PST
OH LÀ LÀ ! MADEMOISELLE MIELLE EST BIEN PÂLE...
ELLE A DÛ PASSER LA NUIT À SE FAIRE DU SOUCI, COMME LE DISAIT MADEMOISELLE ARIA HIER.
PST

MIELLE ! REMONTE VITE TE REPOSER. TU ES TOUTE PÂLE DEPUIS HIER SOIR…
C-CE N'EST RIEN, ARIA. IL EST NATUREL QUE JE M'INQUIÈTE POUR MA SŒUR…
JE SUIS DÉSOLÉE DE T'AVOIR INQUIÉTÉE AU POINT QUE TU EN FASSES DES INSOMNIES.
TAP
SUR CE, JE VAIS…
ATTENDS, MIELLE !
SCRITCH
EUH
?
JESSIE, PEUX-TU M'APPORTER LE COLLIER QUE M'A DONNÉ LE BIJOUTIER ?
OUI, MADE-MOISELLE.
C'EST UN PEU ÉTRANGE DE T'OFFRIR UN CADEAU DANS UN MOMENT PAREIL…
HWIK

MAIS CES DERNIERS TEMPS, TU ES SOUVENT DANS TA CHAMBRE ET TU NE MANGE PAS AVEC NOUS.
TAP
JE NE T'AI PAS BEAUCOUP VUE ET TU RETOURNES TE REPOSER, ALORS JE NE SAIS PAS QUAND JE TE REVERRAI…
TIENS, C'EST UN CADEAU DE MA PART.
YEP
TAP
JUSTE CIEL !
JE NE T'AI JAMAIS VRAIMENT REMERCIÉE POUR M'AVOIR PRÊTÉ TA ROBE, L'AUTRE JOUR. J'APPRÉCIERAIS QUE TU ACCEPTES CE CADEAU EN SIGNE DE MA GRATITUDE.
OUAH…
TA
BLING
BLING
OOH..!
DAAM
BLABLA
ELLE LUI OFFRE UN SI BEAU COLLIER JUSTE POUR ÇA ?
BLABLA
MADEMOISELLE ARIA EST GÉNÉREUSE…
BLABLA

IL NE TE PLAÎT PAS ?
B-BIEN SÛR QUE SI. MERCI, ARIA.
VRAIMENT ? TANT MIEUX.
HA HA ! TU DOIS ENRAGER DE RECEVOIR ÇA POUR M'AVOIR PRÊTÉ TA ROBE.
BIEN SÛR...
SWISH
SWIFT
TU VEUX BIEN LE PORTER ? JE ME DEMANDE S'IL TE VA BIEN.

IL VOUS SIED À MERVEILLE, MADEMOISELLE MIELLE !
JE SUIS RAVIE DE VOIR QUE VOUS VOUS ENTENDEZ SI BIEN.
SUR CE, JE VOUS LAISSE. JE DOIS ME PRÉPARER POUR MA SORTIE DE L'APRÈS-MIDI.
JE VOUS REMERCIE DE VOS EFFORTS POUR ARRIVER À UNE DÉCISION JUSTE, MÈRE.
TAC
CE N'EST QUE MON DEVOIR DE MAÎTRESSE DE MAISON.
DIT-ELLE ALORS QU'ELLE LAISSE LE MAJORDOME TOUT GÉRER SANS BOUGER LE PETIT DOIGT...
HA HA...
REPRENONS LE TRAVAIL.
BLABLA
OUAIS...
OUI...
C'EST PEUT-ÊTRE MA MÈRE, MAIS JE LA TROUVE TERRIBLEMENT DÉSINVOLTE.
BLABLA
BLABLA

CE SERAIT TELLEMENT BIEN SI LE COCHER SE VENGEAIT DE MIELLE EN CHERCHANT À L'ÉGORGER...
SLURP
MAIS RIEN N'EST JAMAIS AUSSI SIMPLE. SES AUTRES DOMESTIQUES VONT LA CHOUCHOUTER, COMME TOUJOURS.
CETTE HISTOIRE N'EST PAS SI GRAVE, AU FOND. JE DEVRAIS LAISSER COULER ET ATTENDRE QU'UNE PROCHAINE OPPORTUNITÉ SE PRÉSENTE.
MAIS J'AI REMARQUÉ QUELQUE CHOSE D'IMPORTANT...
LA DOMESTIQUE EN CHEFFE... EMMA, JE CROIS ?
ELLE EST TOUJOURS COLLÉE À MIELLE À LA MANIÈRE D'UNE NOURRICE. C'EST PEUT-ÊTRE ELLE, LE CERVEAU DERRIÈRE CE GENRE DE MANIGANCES.
DANS QUELQUES ANNÉES, MIELLE DEVIENDRA UNE VILAINE AU CŒUR NOIR...
MAIS ELLE N'EST POUR L'INSTANT QU'UNE CRAINTIVE ENFANT DE 13 ANS.
JE DOUTE QUE L'INCIDENT DE LA CALÈCHE SOIT LE FRUIT DE SA SEULE IMAGINATION.

IL VA FALLOIR QUE JE ME RENSEIGNE SUR EMMA.
PEUT-ÊTRE DEVRAIS-JE ME SERVIR DE CETTE DOMESTIQUE AUX TACHES DE ROUSSEUR ?
LES BEAUX BIJOUX ONT L'AIR DE BEAUCOUP L'INTÉRESSER.
HÉ-HÉ...
SI EMMA EST IMPLIQUÉE DANS CET INCIDENT...
ELLE A PROBABLEMENT AUSSI JOUÉ UN RÔLE DANS MA CONDAMNATION À MORT.
SWOOSH
TAP
TAP

TAP
CE SABLIER M'A SAUVÉ LA VIE.
BLING
BLING
OOH...
QUAND JE LE REGARDE, JE ME SENS UN PEU RASSURÉE.
TOC
TOC
SCRII
MADEMOISELLE, LE LIVREUR EST ARRIVÉ.
OH, IL EST BIEN RAPIDE.

JE VAIS VITE ÉCRIRE MON COURRIER. OÙ AI-JE MIS LE PAPIER À LETTRE DU BIJOUTIER...?
SWIFF
IL M'A GÉNÉREUSEMENT DONNÉ CINQ FEUILLES, MAIS JE NE COMPTE PAS ÉCRIRE TANT QUE ÇA.
C'EST TOUT DE MÊME GENTIL DE SA PART...
Cher Monsieur Oscar Frederick...
Le cadeau que vous m'avez envoyé était si généreux que je ne sais comment vous répondre. Je vous prie donc de bien vouloir accepter ce présent en signe de ma gratitude.
Aria Roscent
TAP
AJOUTE CETTE LETTRE AU CADEAU ET DEMANDE AU LIVREUR DE S'EN OCCUPER RAPIDEMENT.
BIEN, MADEMOISELLE.
CE CADEAU DOIT PARVENIR AU PLUS VITE À OSCAR...
HWIK
POUR QUE JE PUISSE PROFITER DU VISAGE DÉPITÉ DE MIELLE.

MADEMOI-SELLE...
VOULEZ-VOUS UN PEU DE THÉ ?
PARDON ?
HEIN ?

QUE FAIS-TU LÀ ? JE N'AI PAS FAIT APPEL À TOI.
PARDON ? JE...
JE PENSAIS QU'ÉCRIRE VOTRE LETTRE VOUS PRENDRAIT UN PEU DE TEMPS, ALORS JE VOUS APPORTAIS DU THÉ.
MA LETTRE ? MAIS NE TE L'AI-JE PAS DÉJÀ...
DO...
SCRITCH
!
QU'EST...
Cher Monsieur Oscar Frederick...
CE QUE...

C'EST ÉTRANGE. UN SENTIMENT DE DÉJÀ-VU ?
N'AI-JE PAS DÉJÀ DONNÉ CETTE LETTRE À JESSIE ?
DÉPÊCHE-TOI DE CONFIER LE PAQUET AU LIVREUR.
CLAC
M-MAIS, MADEMOISELLE ARIA…
TCHING
J'AI CINQ FEUILLES DE PAPIER À LETTRE SOUS LES YEUX ?

IL M'A GÉNÉREUSEMENT DONNÉ 5 FEUILLES.
J'ÉTAIS TELLEMENT ABSORBÉE PAR MA VICTOIRE QUE J'AI PERDU LA TÊTE UN INSTANT ?
NOUS NE POUVONS PAS ENVOYER UN CADEAU À MONSIEUR OSCAR SANS LETTRE...
EN EFFET...
SWIFF
SCR
SCR
HWIK
CLAC

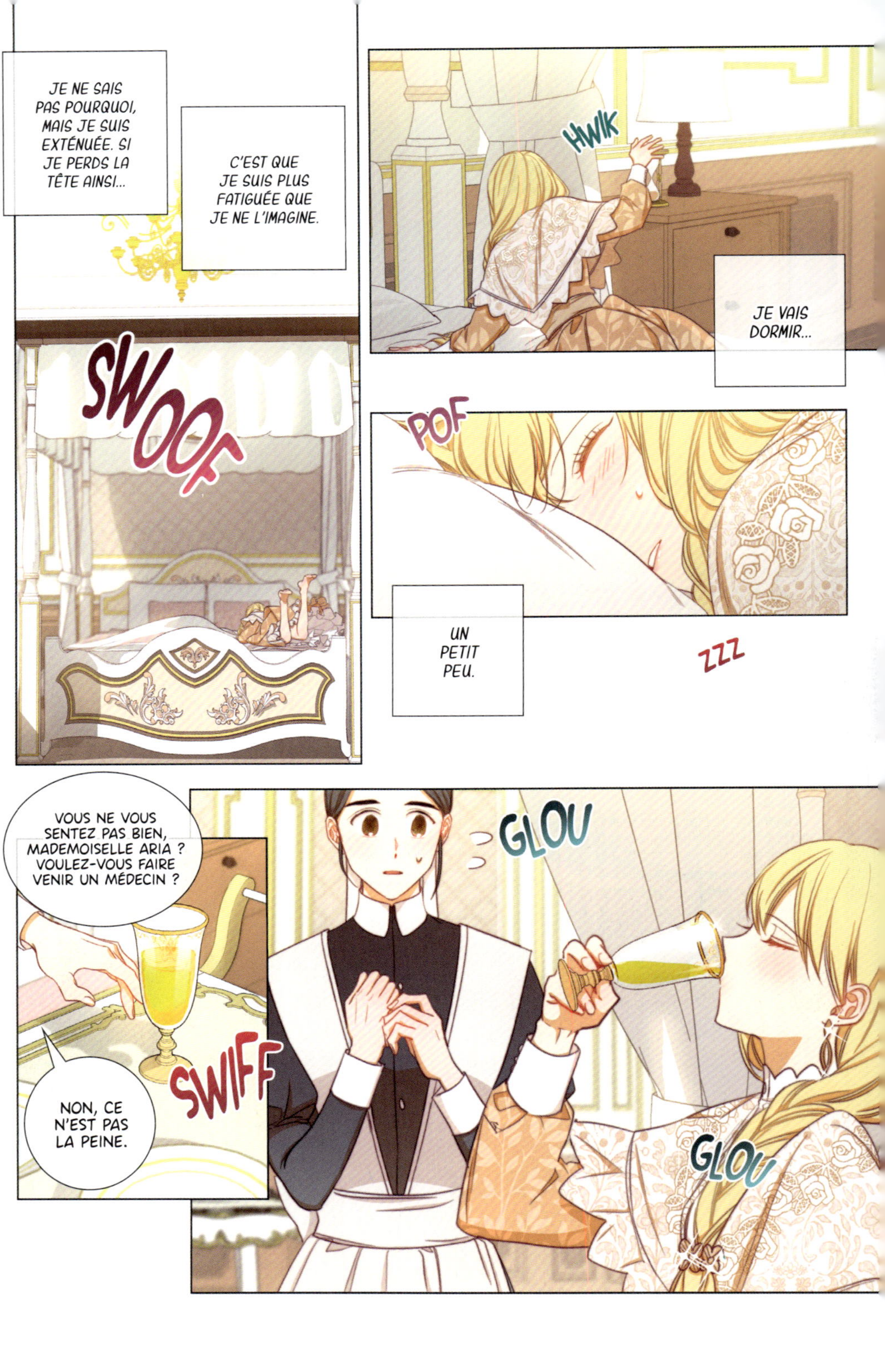
JE NE SAIS PAS POURQUOI, MAIS JE SUIS EXTÉNUÉE. SI JE PERDS LA TÊTE AINSI...
C'EST QUE JE SUIS PLUS FATIGUÉE QUE JE NE L'IMAGINE.
HWIK
JE VAIS DORMIR...
SWOOF
POF
UN PETIT PEU.
ZZZ
VOUS NE VOUS SENTEZ PAS BIEN, MADEMOISELLE ARIA ? VOULEZ-VOUS FAIRE VENIR UN MÉDECIN ?
GLOU
NON, CE N'EST PAS LA PEINE.
SWIFF
GLOU

AAH...
JE ME SENS MIEUX MAINTENANT, J'ÉTAIS SANS DOUTE UN PEU FATIGUÉE.
FIOU
JE SUIS INQUIÈTE. VOUS N'AVEZ PAS DIT GRAND-CHOSE DEPUIS LE DÉJEUNER HIER...
ET VOUS N'OUVRIEZ PAS LES YEUX QUAND JE SUIS RENTRÉE POUR ESSAYER DE VOUS RÉVEILLER.
JE NE SAIS PAS CE QUE J'AI, MAIS CELA NE NÉCESSITE PAS LA VENUE D'UN DOCTEUR.
ÇA IRA, TU PEUX DÉBARRASSER.
HWIK
HWIK
QUE DIRIEZ-VOUS D'UN DESSERT ?
FIOU...
NON. J'EN PRENDRAI UN PLUS TARD.
SWOOF
BIEN, MADEMOISELLE. APPELEZ-MOI SI VOUS AVEZ BESOIN DE QUOI QUE CE SOIT.
HWIK
ZYEUTE
HUM...
POURQUOI AI-JE DORMI SI LONGTEMPS ALORS QUE JE NE SUIS PAS MALADE ?

SWISH
ET VOUS N'OUVRIEZ PAS LES YEUX QUAND JE SUIS RENTRÉE POUR...
HWIK
ESSAYER DE VOUS RÉVEILLER.
MADEMOISELLE... EST-CE QUE VOUS ALLEZ BIEN ?
SCRITCH
VOUS SEMBLEZ BIEN...
Q-QUE FAIS-TU ICI ? JE T'AI DIT QUE JE NE VOULAIS PAS DE DESSERT.
PARDON ?
OH ! VEUILLEZ M'EXCUSER.

VOUS N'AVEZ PAS FINI VOTRE JUS DE FRUIT, ALORS JE PENSAIS QUE VOUS N'AVIEZ PAS TERMINÉ DE MANGER.
VOULEZ-VOUS QUE JE DÉBARRASSE ?
TA
DAM
QUOI ?
JE PENSAIS QU'IL NE S'AGISSAIT QUE D'UNE IMPRESSION DE DÉJÀ-VU...
C'EST SANS DOUTE FOU MAIS JE CROIS QUE...
J'AI ENCORE REMONTÉ LE TEMPS.
UNE SECONDE. REMONTÉ...
LE TEMPS...?
GWAK
!

JESSIE.
C'EST ÇA.
DIEU DOIT VRAIMENT BEAUCOUP M'AIMER.
C'EST SANS DOUTE LE POUVOIR DE CE SABLIER !
APRÈS QUELQUES TENTATIVES, J'AI FINI PAR COMPRENDRE COMMENT IL FONCTIONNAIT.
CLAC
INTÉRESSANT, N'EST-CE PAS ?
NOUS ALLONS AUJOURD'HUI ÉTUDIER LES ADDITIONS À 8 CHIFFRES.
SI VOUS MAÎTRISEZ LE FONCTIONNEMENT DES ADDITIONS, VOUS POURREZ TOUTES LES RÉSOUDRE FACILEMENT ENSUITE.
JE PEUX RETOURNER LE SABLIER ET REMONTER LE TEMPS UNE FOIS PAR JOUR.
JE NE PEUX REVENIR QUE CINQ MINUTES EN ARRIÈRE...
MAIS C'EST AMPLEMENT SUFFISANT POUR CORRIGER N'IMPORTE QUELLE PETITE ERREUR.
ESSAYONS DONC DE RÉSOUDRE CE PROBLÈME.
SWIISH
HI HI...

VOUS ÊTES BIEN SOURIANTE. AURIEZ-VOUS APPRIS UNE BONNE NOUVELLE ?
OUI. C'EST ASSEZ AMUSANT, EN VÉRITÉ.
OOH ?
ET...
GNIP
JE SERAIS HONORÉE DE POUVOIR PARTAGER VOTRE JOIE.
POURRIEZ-VOUS M'EN PARLER, MADEMOISELLE ARIA ?
JE SUIS LA SEULE À POUVOIR UTILISER SON POUVOIR AINSI.
SWIISH
NATUREL-LEMENT.
IL Y A CETTE VIEILLE CHIPIE DE RENARDE...
P-PARDON ? OH, VOUS AVEZ UN ANIMAL DE COMPAGNIE DE CE GENRE...?
ELLE NE CONNAÎT PAS SA PLACE ET SE MÊLE DE CE QUI NE LA REGARDE PAS. JE NE PEUX QUE RIRE EN LA VOYANT FAIRE.
HA-HA
HA HA... ELLE SEMBLE ADORABLE. J'AIMERAIS BEAUCOUP LA RENCONTRER UN JOUR.

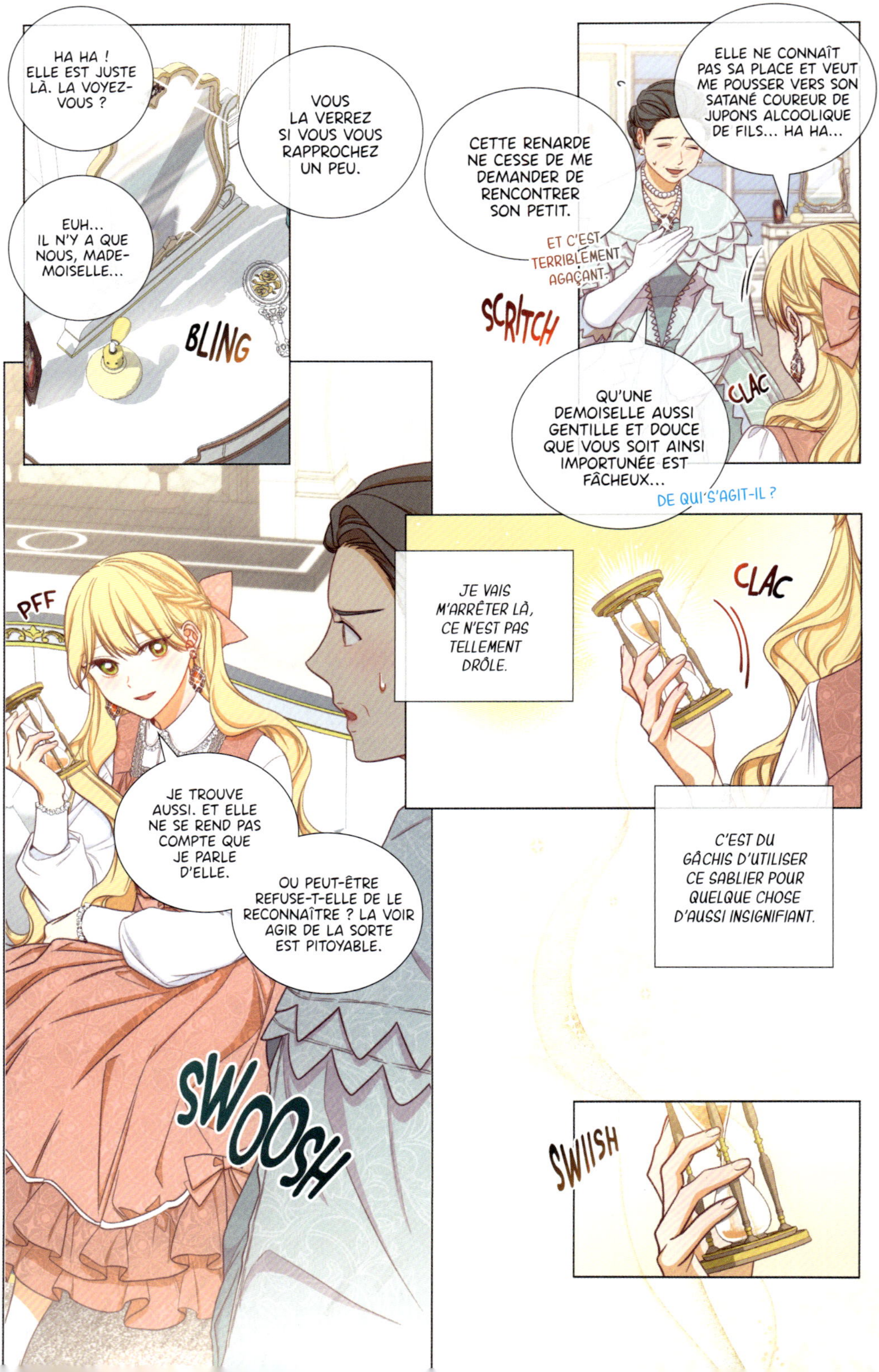
HA HA ! ELLE EST JUSTE LÀ. LA VOYEZ-VOUS ?
VOUS LA VERREZ SI VOUS VOUS RAPPROCHEZ UN PEU.
EUH... IL N'Y A QUE NOUS, MADE-MOISELLE...
BLING
CETTE RENARDE NE CESSE DE ME DEMANDER DE RENCONTRER SON PETIT.
ELLE NE CONNAÎT PAS SA PLACE ET VEUT ME POUSSER VERS SON SATANÉ COUREUR DE JUPONS ALCOOLIQUE DE FILS... HA HA...
ET C'EST TERRIBLEMENT AGAÇANT.
SCRITCH
CLAC
QU'UNE DEMOISELLE AUSSI GENTILLE ET DOUCE QUE VOUS SOIT AINSI IMPORTUNÉE EST FÂCHEUX...
DE QUI S'AGIT-IL ?
PFF
JE TROUVE AUSSI. ET ELLE NE SE REND PAS COMPTE QUE JE PARLE D'ELLE.
OU PEUT-ÊTRE REFUSE-T-ELLE DE LE RECONNAÎTRE ? LA VOIR AGIR DE LA SORTE EST PITOYABLE.
SWOOSH
JE VAIS M'ARRÊTER LÀ, CE N'EST PAS TELLEMENT DRÔLE.
CLAC
C'EST DU GÂCHIS D'UTILISER CE SABLIER POUR QUELQUE CHOSE D'AUSSI INSIGNIFIANT.
SWIISH

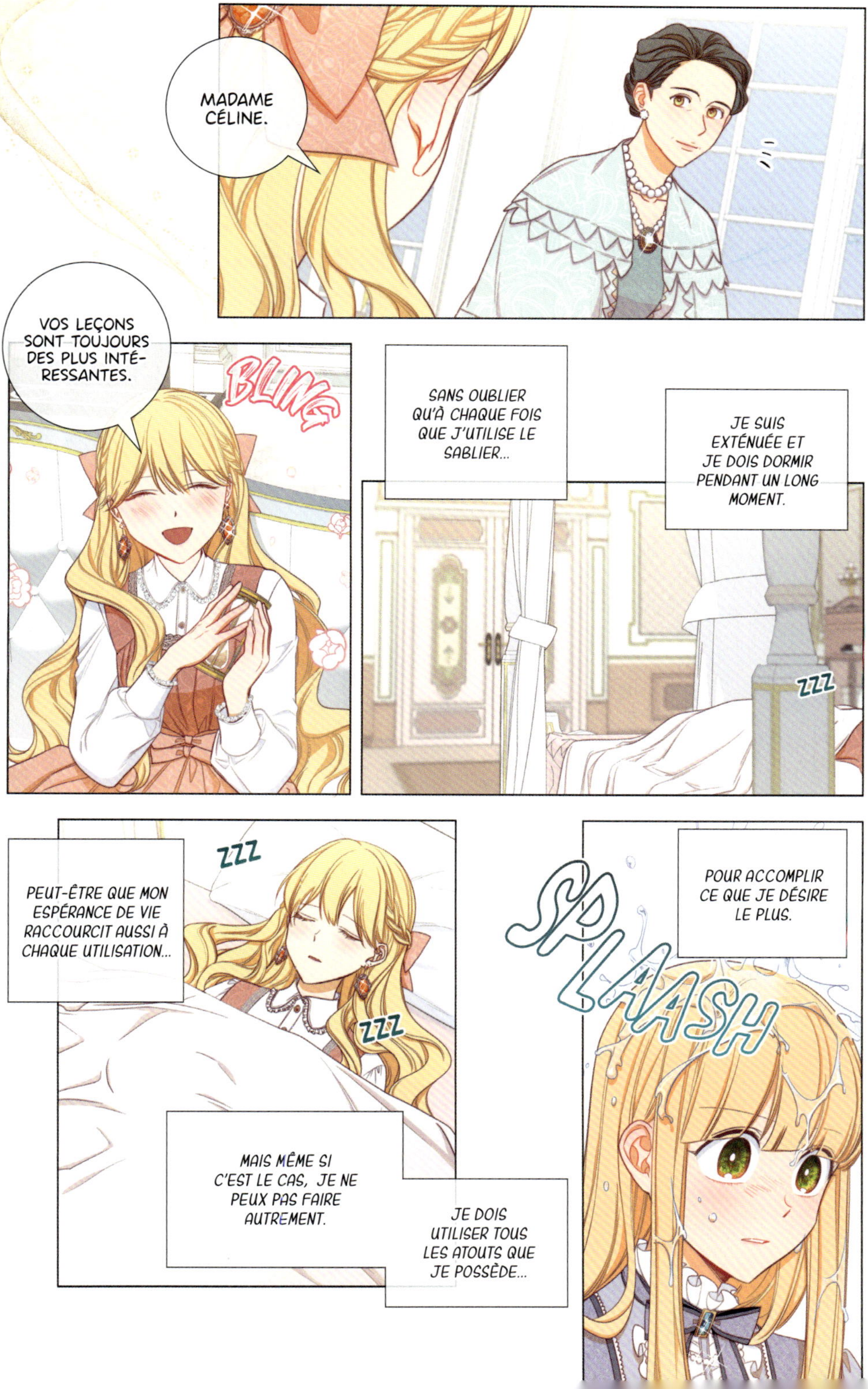
MADAME CÉLINE.
VOS LEÇONS SONT TOUJOURS DES PLUS INTÉ-RESSANTES.
BLING
SANS OUBLIER QU'À CHAQUE FOIS QUE J'UTILISE LE SABLIER...
JE SUIS EXTÉNUÉE ET JE DOIS DORMIR PENDANT UN LONG MOMENT.
ZZZ
PEUT-ÊTRE QUE MON ESPÉRANCE DE VIE RACCOURCIT AUSSI À CHAQUE UTILISATION...
ZZZ
ZZZ
MAIS MÊME SI C'EST LE CAS, JE NE PEUX PAS FAIRE AUTREMENT.
JE DOIS UTILISER TOUS LES ATOUTS QUE JE POSSÈDE...
SPLAASH
POUR ACCOMPLIR CE QUE JE DÉSIRE LE PLUS.

PLIC
PLIC
ET TIENS !♡
NOOON !
TAP
AAAH ! IL Y A UNE BÊTE DANS MON ASSIETTE !
MADEMOISELLE !
HA HA...
ET PUIS, JE DOIS BIEN M'AUTORISER QUELQUES PETITS PLAISIRS DANS CE MORNE QUOTIDIEN !
PÈRE !
MÈRE !

WAH
JESSIE !
O-OUI, MADE-MOISELLE ?
TOUJOURS RIEN ?
GZZ
N-NON, MADE-MOISELLE.
NOUS N'AVONS PAS EU DE NOUVELLE DEPUIS LA LIVRAISON, IL Y A DEUX SEMAINES...
JE VAIS DESCENDRE ET ATTENDRE À L'ENTRÉE AU CAS OÙ !
TAP TAP
CLAC
AAH...

JE SUIS NAVRÉ. J'AI ESSAYÉ DE REVENIR AVEC UNE LETTRE MAIS...
MONSIEUR OSCAR DOIT ÊTRE OCCUPÉ AVEC LA SEMAINE D'EXAMENS À L'ACADÉMIE. IL A BIEN REÇU VOTRE CADEAU MÊME S'IL NE VOUS A RIEN ÉCRIT EN GUISE DE RÉPONSE.
JE SUIS VRAIMENT DÉSOLÉ...
CE N'EST RIEN. TU AS BIEN TRAVAILLÉ, REPOSE-TOI JUSQU'À DEMAIN.
V-VRAIMENT ?!
M-MERCI, MADEMOISELLE ARIA !
SNIF
SNIF
L'IMPORTANT, C'EST QU'OSCAR AIT BIEN REÇU MON CADEAU.
EN VOYANT CE QUE C'ÉTAIT, IL AURAIT AUSSI PU LE REFUSER DONC CE N'EST PAS PLUS MAL, FINALEMENT.
C'EST COMME ÇA QUE JE VAIS PETIT À PETIT ME LIER D'AMITIÉ AVEC LUI.
PEUT-ÊTRE POURRAIS-JE MÊME VOLER SON CŒUR GRÂCE AU SABLIER ?
J'ESPÈRE QU'IL ME RÉPONDRA VITE, SANS QUOI JE VAIS M'INQUIÉTER...

MADEMOI-SELLE !
VOUS AVEZ REÇU UNE LETTRE DE MONSIEUR OSC...
UNE LETTRE ?!
VLAM
WOUSH
WOUSH
Mademoiselle Aria Roscent...
BRR BRR
Je vous remercie pour le cadeau que vous m'avez envoyé. Il y a quelque chose dont je souhaiterais discuter avec vous en personne. Pourriez-vous m'indiquer un jour et une heure où vous seriez disponible ?
Oscar Frederick
HUM...
IL VA DROIT AU BUT. MAIS MA LETTRE AUSSI ÉTAIT TRÈS DIRECTE.
VU CE QU'IL M'A ÉCRIT, JE NE PENSE PAS QU'IL COMPTE REFUSER MON CADEAU.
IL VA SANS DOUTE ME DEMANDER DE CESSER DE LUI ÉCRIRE, PAR ÉGARD POUR MIELLE...
MAIS JE REFUSE DE M'ARRÊTER LÀ !
JESSIE !
TCHING
OUI, MADE-MOISELLE ?

APPORTE-MOI DU PAPIER À LETTRE ET UNE PLUME. JE VAIS RÉPONDRE IMMÉDIATEMENT.
CLIC CLIC
POUR L'INSTANT, JE SUIS LA SEULE AU COURANT QUE MONSIEUR OSCAR A ÉCRIT...
MAIS MADEMOISELLE MIELLE RISQUE DE L'APPRENDRE BIEN VITE...
ENFIN, CETTE DERNIÈRE EST DOUCE ET GENTILLE, ELLE NE FERA PAS GRAND CAS DE ÇA.
CLAC
TAC
TIENS. ENVOIE CETTE LETTRE À MONSIEUR OSCAR...

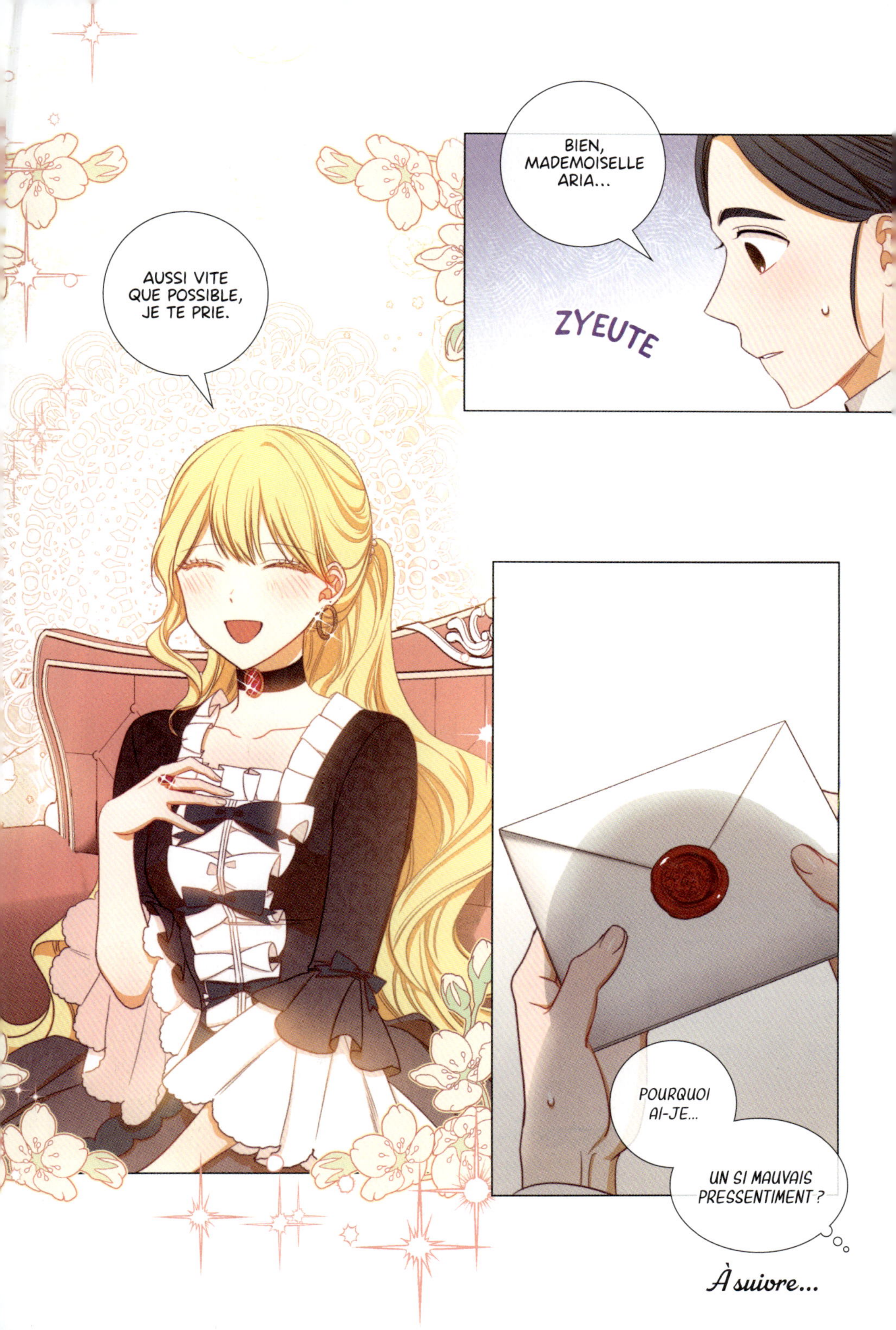
AUSSI VITE QUE POSSIBLE, JE TE PRIE.
BIEN, MADEMOISELLE ARIA...
ZYEUTE
POURQUOI AI-JE...
UN SI MAUVAIS PRESSENTIMENT ?
À suivre...

The Villainess Turns the Hourglass

The Villainess Turns the hourglass Vol.1
Antstudio, SANSOBEE

French translation rights arranged with The Ant
through Orange Agency Co., Ltd.

Directeur de collection : Pascal LAFINE
Chargée d'édition : Lina LIANG
Coordinatrice éditoriale : Léna PANZANI
Assistante éditoriale : Zina DERRAZ
Lettrage : Victoria HALLEGATTE
Conception graphique : Yohan JULIEN

Ce volume contient les épisodes 01 à 16.
Dépot légal : février 2025
ISBN : 978-2-38288-179-8

Imprimé et relié en janvier 2025
par Rotolito, en Italie

Groupe Delcourt - KBOOKS -
8 rue Léon Jouhaux - 75010 PARIS

www.editions-delcourt.fr

KBOOKS